U0026562

朱耷「魚圖」──朱耷（音答，大耳也），明末清初大畫家，江西人，明朝宗室，號八大山人，畫上題字有如「哭之笑之」，為人清高狂傲。圖中之魚寥寥數筆而神態生動，似是在江湖間自在游蕩。

以下二圖／藍瑛「華岳高秋」──藍瑛，浙江錢塘人，明萬曆十三年生，善山水、人物、花鳥，浙派大畫家。本圖構圖雄偉，筆法蒼勁。原圖狹長，右為上半部，左為下半部。

泰山十八盤道——石階約七千級，終點即為「南天門」。泰山派劍法中有一路由此悟出。攝影者時盤棋。

泰山碧霞祠——雄峙岱頂，建於宋代。正殿覆蓋銅瓦，配殿及山門用鐵瓦。攝影者是香港著名攝影家陳復禮。

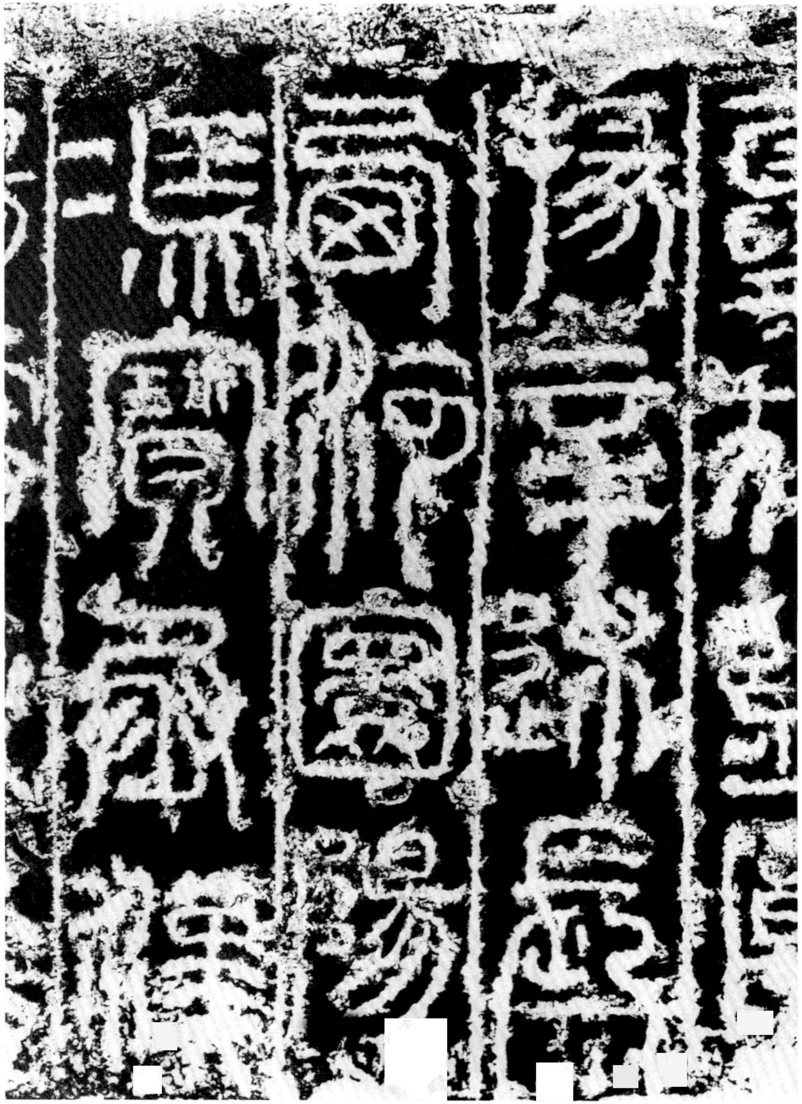

少室山石闕銘——漢碑拓片。少室山為少林寺之所在地。

泰山都尉孔宙碑——漢碑拓片。

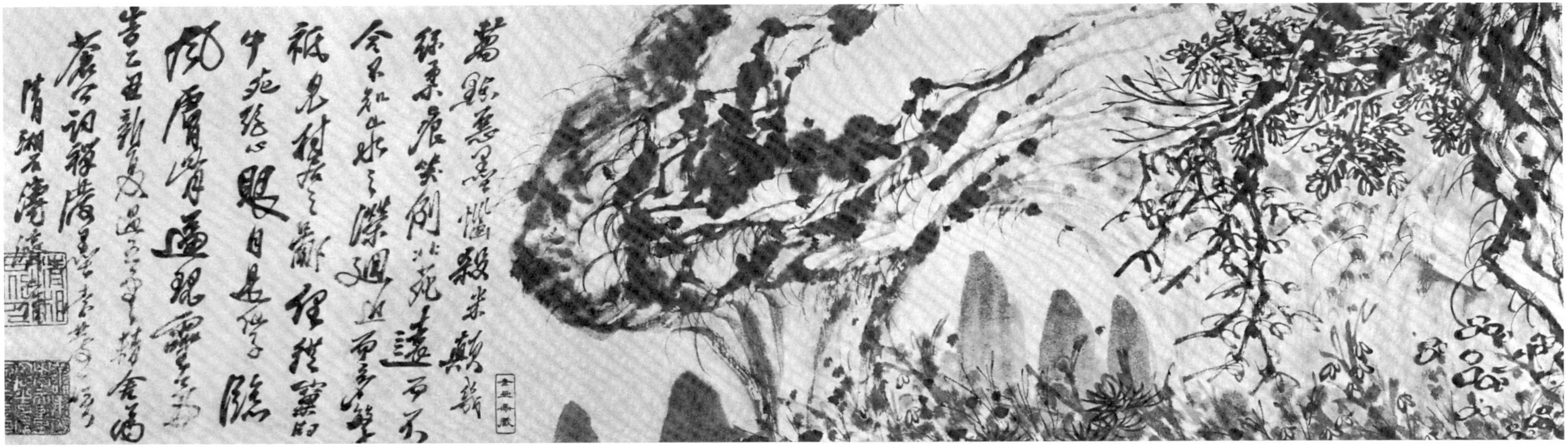

石濤「潑墨山水卷」──石濤，明末清初大畫家，作畫自創一格，氣韻極高。本圖題字中云：「從窠臼中死絕心眼，自是化子臨風，膚骨逼現靈氣。」意謂擺脫前人一切規範，在困境中忽得靈感。中國一切藝術最高境界皆如此，武學亦然。

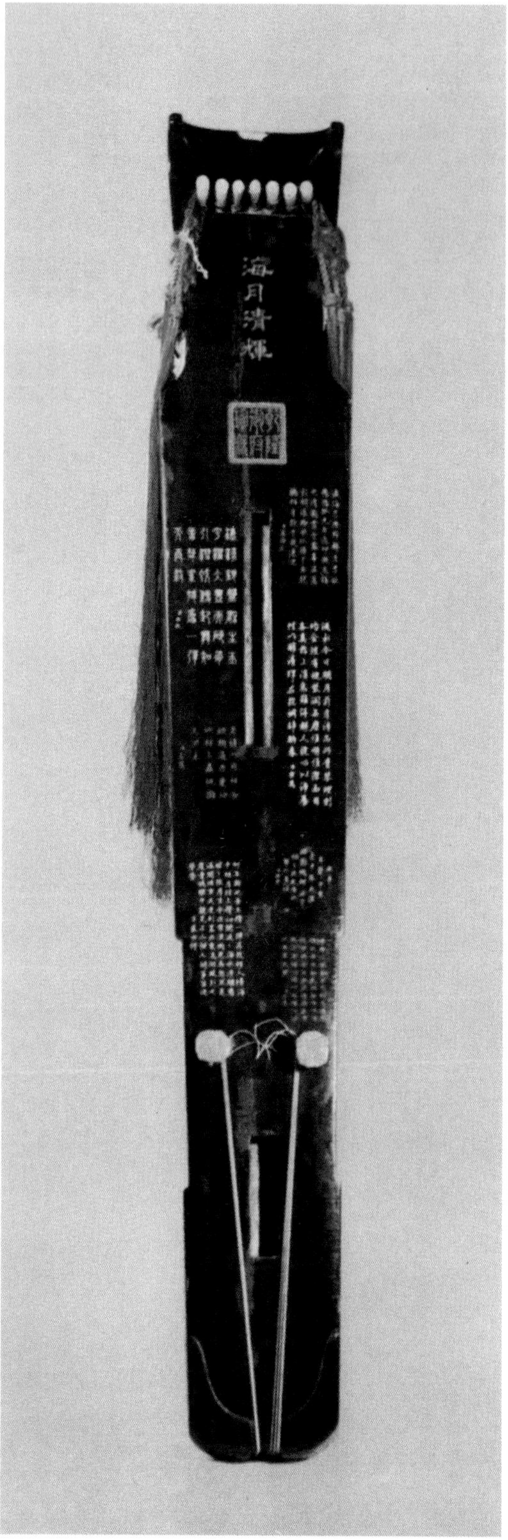

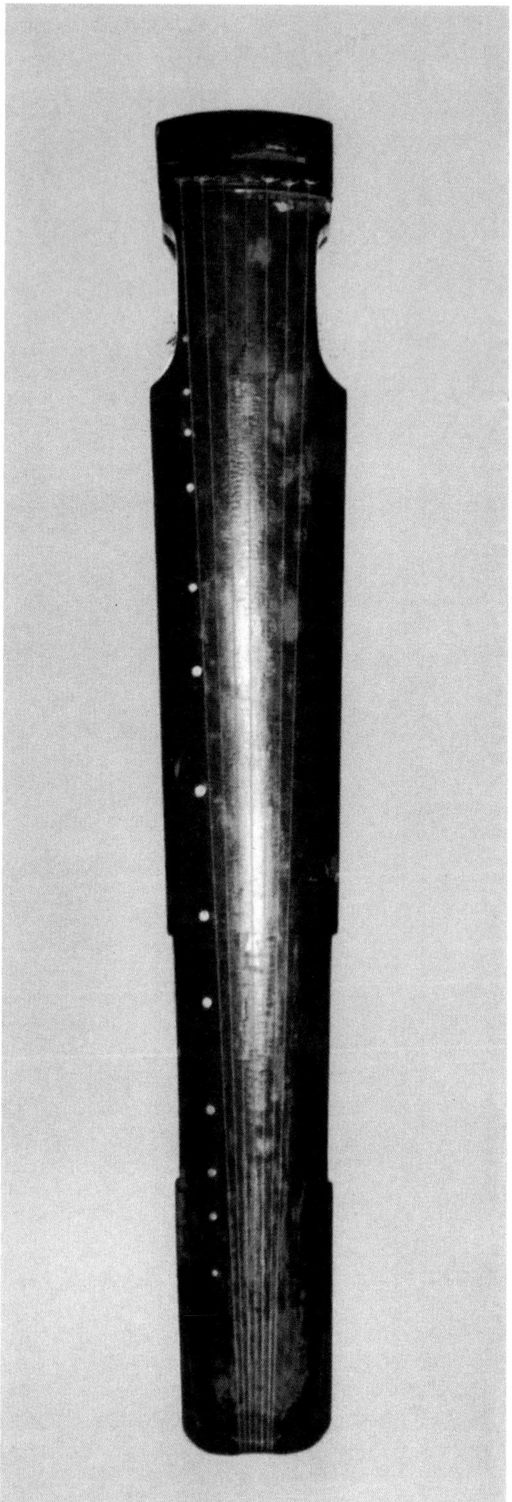

宋代名琴——琴名「海月清輝」，背面有梁詩正等名人題字，有「乾隆御府珍藏」等印記。

大字版

笑傲江湖

金庸

⑤吸星大法

大字版金庸作品集⑤⑨
笑傲江湖
(5)吸星大法 「公元2006年金庸新修版」

The Smiling, Proud Wanderer, Vol. 5

作　者／金　庸
Copyright © 1963,1980,2006,by Louis Cha. All rights reserved.
＊本書由作者查良鏞（金庸）先生授權遠流出版公司限在臺灣地區出版發行。
＊使用本書內容作任何用途，均須得本書作者查良鏞（金庸）先生書面授權。
封面設計／唐壽南　內頁插畫／王司馬

發 行 人／王 榮 文
出版・發行／遠流出版事業股份有限公司
臺北市中山北路一段11號13樓
電話／2571-0297　傳真／2571-0197　郵撥／0189456-1

□2006年 8 月16日　初版一刷
□2022年 4 月 1 日　二版五刷

大字版　每冊*380*元（本作品全八冊，共3040元）
〔另有典藏版共36冊（不分售），平裝版共36冊，新修版共36冊，新修文庫版共72冊〕
有著作權・侵害必究（缺頁或破損的書，請寄回更換）
ISBN　978-957-32-8112-2（套：大字版）
ISBN　978-957-32-8108-5（第五冊：大字版）
Printed in Taiwan

YLib 遠流博識網
http://www.ylib.com　E-mail:ylib@ylib.com

目錄

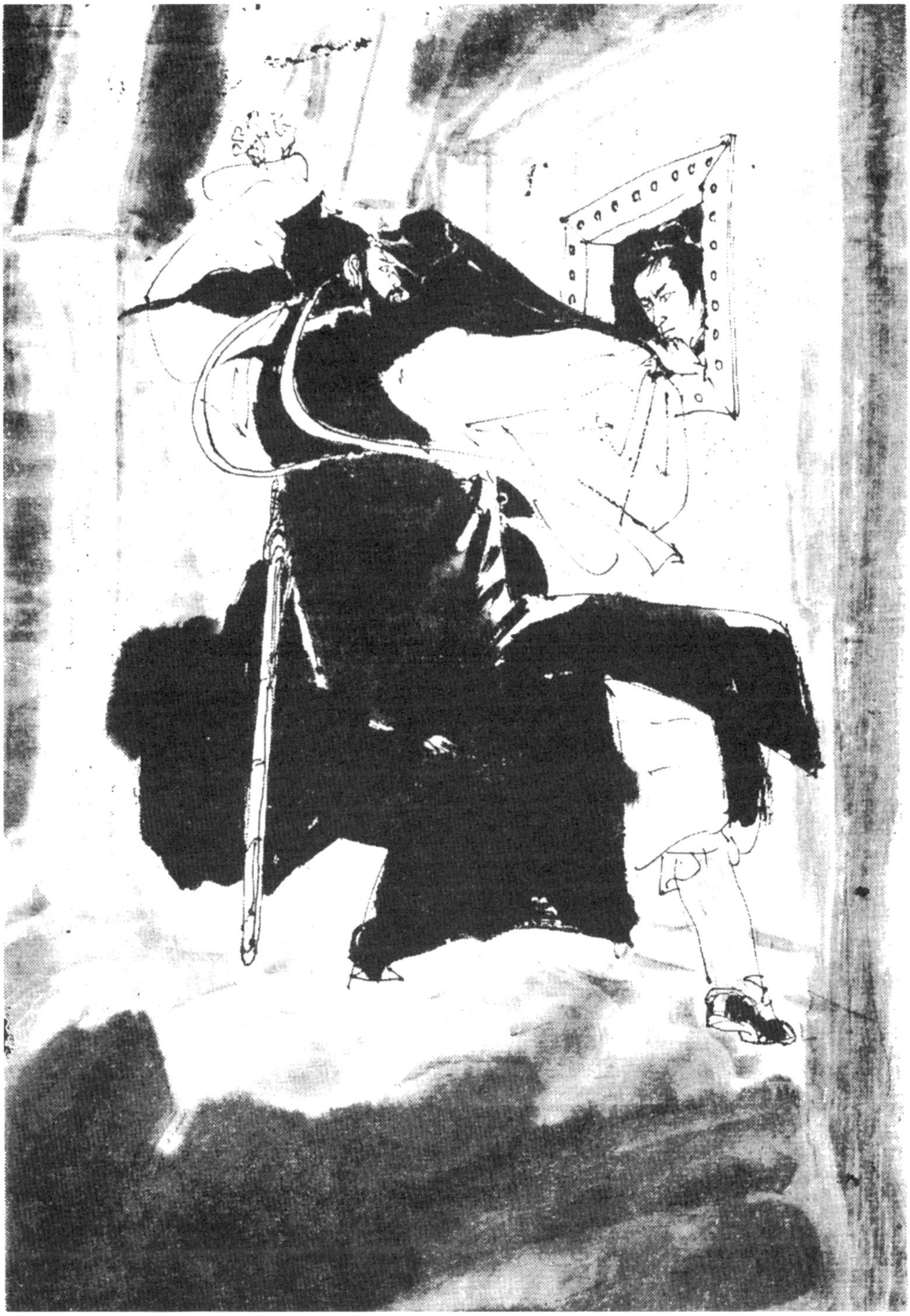

黑白子微覺不妥，手腕已遭對方抓住，當即右手急旋，反打擒拿，手臂向內急奪，左足疾踢而出，噹的一聲大響，左足三趾早斷。

二一　囚居

令狐冲也不知昏迷了多少時候，終於醒轉，腦袋痛得猶如已裂了開來，耳中仍似雷霆大作，轟轟不絕。睜眼漆黑一團，不知身在何處，支撐著想要站起，渾身更沒半點力氣，心想：「我定是死了，給埋在墳墓中了。」一陣傷心，一陣焦急，又暈了過去。

第二次醒轉時仍頭腦劇痛，耳中響聲卻輕了許多，只覺得身下又涼又硬，似是臥在鋼鐵之上，伸手去摸，果覺草蓆下是塊鐵板，右手這麼一動，竟發出一聲嗆啷輕響，同時覺得手上有甚麼冰冷的東西縛住，伸左手去摸時，也發出嗆啷一響，左手竟也有物縛住。他又驚又喜，又是害怕，自己顯然沒死，身子卻已爲鐵鍊所繫，左手再摸，察覺手上所繫的是根細鐵鍊，雙足微一動彈，立覺足脛上也繫了鐵鍊。

他睜眼出力凝視，眼前更沒半分微光，心想：「我暈去之時，是在和任老先生比劍，不知如何中了江南四友的暗算，看來也是給囚於湖底的地牢中了。但不知是否和任老前輩囚於一處。」當即叫道：「任老前輩，任老前輩。」叫了兩聲，不聞絲毫聲息，驚懼更增，縱聲大叫：「任老前輩！任老前輩！」

黑暗中只聽到自己嘶嗄而焦急的叫聲，大叫：「大莊主！四莊主！你們爲甚麼關我在這裏？快放我出去！快放我出去！」可是除了自己的叫喊之外，始終沒聽到半點別的聲息。由惶急轉爲憤怒，破口大罵：「卑鄙無恥的奸惡小人，你們鬥劍不勝，便想關住我不放嗎？」想到要像任老先生那樣，此後一生便給囚於這湖底的黑牢之中，霎時間心中充滿了絕望，不由得全身毛髮皆豎。

他越想越怕，又張口大叫，叫了一會，只聽得叫出來的聲音竟變成了號哭，不知從甚麼時候起，已然淚流滿面，嘶啞著嗓子叫道：「你梅莊這四個……這四個卑鄙狗賊，我……我……令狐冲他日得脫牢籠，把你們……你們的眼睛刺瞎，把你們雙手雙足都割了……割了下來。我出了黑牢之後……」突然間靜了下來，一個聲音在心中大叫：「我能出這黑牢麼？我能出這黑牢麼？任老前輩如此本領，尚且不能出去，我……我怎能出去？」一陣焦急，哇的一聲，噴出了幾口鮮血，又暈了過去。

昏昏沉沉之中，似乎聽得喀的一聲響，跟著亮光耀眼，驀地驚醒，一躍而起，卻沒記得雙手雙足均已爲鐵鏈縛住，兼之全身乏力，只躍起尺許，便即摔落，四肢百骸似乎都斷折了一般。他久處暗中，陡見光亮，眼睛不易睜開，但生怕這一線光明稍現即隱，就此失去了脫困良機，雖雙眼刺痛，仍使力睜得大大地，瞪著光亮來處。

亮光是從一個尺許見方的洞孔中射進來，隨即想起，任老前輩所居的黑牢，鐵門上有一方孔，便與此一模一樣，再一瞥間，自己果然也是處身於這樣的一間黑牢之中。他大聲叫嚷：「快放我出去！黑白子、禿頭鬼，卑鄙狗賊，有膽的快放我出去！」

只見方孔中慢慢伸進來一隻大木盤，盤上放了一大碗飯，飯上堆著些菜餚，另有一個瓦罐，當是裝著湯水。

令狐冲一見，更加惱怒，心想：「你們送飯菜給我，定是要將我在此長期拘禁了。」大聲罵道：「四個狗賊，你們要殺便殺，要剮便剮，沒的來消遣大爺。」只見那隻木盤停著不動，顯是要他伸手去接，他憤怒已極，伸出手去用力一擊，嗆噹噹幾聲響，飯碗和瓦罐掉在地下打得粉碎，飯菜湯水潑得滿地都是。那隻木盤慢慢縮了出去。

令狐冲狂怒之下，撲到方孔上，只見一個滿頭白髮的老者左手提燈，右手拿著木盤，正緩緩轉身。這老者滿臉都是皺紋，卻是從來沒見過的。令狐冲叫道：「你去叫黃鍾公來，叫丹青生來，那四個狗賊，有種的就來跟大爺決個死戰！」那老者毫不理睬，彎腰曲背，一步步的走遠。令狐冲大叫：「喂，喂，你聽見沒有？」那老者竟頭也不回的走了。

令狐冲眼見他背影在地道轉角處消失，燈光也逐漸暗淡，終於瞧出去一片漆黑。過了一會，隱隱聽得門戶轉動之聲，再聽得木門和鐵門依次關上，地道中便又黑沉沉地，既無一絲光亮，亦無半分聲息。令狐冲又一陣暈眩，凝神半晌，躺倒床上，尋思：「這送飯的老者定然奉有嚴令，不得跟我交談。我向他叫嚷也是無用。」

又想：「這牢房和任老前輩所居一模一樣，看來梅莊地底築有不少黑牢，可不知囚禁著多少英雄好漢。我若能和任老前輩通上消息，又或能和那一個被囚於此的難友連絡上了，同心合力，或有脫困之機。」當下伸手往牆壁上敲去。

牆壁上噹噹幾響，發出鋼鐵之聲，回音既重且沉，顯然隔牆並非空房，而是實土。走到另一邊牆前，伸手在牆上敲了幾下，傳出來的亦是極重實的聲響，他仍不死心，坐回床上，伸手向身後敲去，聲音仍然如此。他摸著牆壁，細心將三面牆壁都敲遍了，除了裝有鐵門的那面牆壁之外，似乎這間黑牢竟是孤另另的深埋地底。這地底當然另有囚室，至少尚有一間囚禁那姓任老者的地牢，但既不知在甚麼方位，亦不知和自己的牢房相距多遠。

他倚在壁上，將昏暈過去以前的情景，仔仔細細的想了一遍，只記得那老者劍招越使越急，呼喝越來越響，陡然間一聲驚天動地的大喝，自己便暈了過去，至於如何爲江南四友所擒，如何給送入這牢房監禁、上了銬鐐，便一無所知了。

心想：「這四個莊主面子上都是高人雅士，連日常遣興的也是琴棋書畫，暗底裏竟卑鄙齷齪，無惡不作。武林中這一類小人甚多，原不足爲奇。所奇的是，這四人於琴棋書畫這四門，確是喜愛出自眞誠，要假裝也假裝不來。禿筆翁在牆上書寫那首『裴將軍詩』，大筆淋漓，決非尋常武人所能。」又想：「師父曾說：『眞正大奸大惡之徒，必是聰明才智之士。』這話果然不錯，江南四友所設下的奸計，委實令人難防難避。」

忽然間叫了一聲：「啊喲！」情不自禁的站起，心中怦怦亂跳：「向大哥卻怎樣了？不知是否也遭了他們毒手？」尋思：「向大哥聰明機變，看來對這江南四友的爲人早有所知，他縱橫江湖，身爲魔教的光明右使，自不會輕易著他們的道兒。只須他不爲江南四友所困，定會設法救我。我縱然被囚在地底之下百丈深處，以向大哥的本事，自有法子救我出去。」想到此處，不由得大爲寬心，嘻嘻一笑，自言自語：「令狐冲啊令狐冲，你這人忒也膽小沒用，適才竟嚇得大哭起來，要是給人知道了，顏面往那裏擱去？」

心中一寬，慢慢坐下，登覺又餓又渴，心想：「可惜剛才大發脾氣，將好好一碗飯和一罐水都打翻了。若不吃得飽飽地，向大哥來救我出去之後，那有力氣來和這江南四狗廝殺？哈哈，不錯，江南四狗！這等奸惡小人，又怎配稱江南四友？江南四狗之中，黑白子不動聲色，最爲陰沉，一切詭計多半是他安排下的。我脫困之後，第一個便要殺了他。丹青生較爲老實，便饒了他狗命，卻又何妨？只是他的窖藏美酒，卻非給我喝個乾淨不可了。」一想到丹青生所藏美酒，更加口渴如焚，心想：「我不知已昏暈了多少時候，怎地向大哥還不來救？」

忽然又想：「啊喲，不好！以向大哥的武功，倘若單打獨鬥，勝這江南四狗自綽綽有餘，但如他四人聯手，向大哥便難操必勝之算，縱然向大哥大奮神勇，將四人都殺了，要覓到這地道的入口，卻也千難萬難。誰又料想得到，牢房入口竟會在黃鍾公的床下？」只覺體困神倦，便躺了下來，忽爾想到：「任老前輩武功之高，只在向大哥之上，決不在他之下，而機智閱歷，料事之能，也非向大哥所及。以他這等人物，尚且給關入黑牢，爲甚麼向大哥便一定能勝？自來光明磊落的君子，多遭小人暗算，常言道明槍易躲，暗箭難防。向大哥隔了這許多時候仍不來救我，只怕他也已身遭不測了。」一時忘了自己受困，卻爲向問天的安危躭起心來。

如此胡思亂想，不覺昏昏睡去，一覺醒來時，睜眼漆黑，也不知已是何時，尋思：「憑我自己，無論如何是不能脫困的了。如向大哥也不幸遭了暗算，又有誰來搭救？師父已傳書天下，將我逐出華山一派，正派中人自然不會來救。盈盈，盈盈……」

一想到盈盈，精神一振，當即坐起，心想：「她曾叫老頭子他們在江湖上揚言，務須將我殺死，那些旁門左道之士，自也不會來救我的了。可是她自己呢？她如知我被禁於此，定會前來相救。左道中人聽她號令的人極多，她只須傳一句話出去，嘻嘻……」

忽然之間，忍不住笑了出來，心想：「這個姑娘臉皮子薄得要命，最怕旁人說她喜歡了我，就算她來救我，也必孤身前來，決不肯叫幫手。若有人知道她前來救我，這人還多半性命難保。唉，姑娘家的心思，眞好教人難以捉摸。像小師妹……」

一想到岳靈珊，心頭驀地一痛，傷心絕望之意又深了一層：「我爲甚麼只想有人來救我？這時候，說不定小師妹已和林師弟拜堂成親，我便脫困而出，做人又有甚麼意味？還不如便在這黑牢中給囚禁一輩子，甚麼都不知道的好。」想到在地牢中被囚，倒也頗有好處，至少不會知曉岳靈珊與林平之的事，登時便不怎麼焦急，竟然有些洋洋自得。

但這自得其樂的心情挨不了多久，只覺飢渴難忍，想起昔日在酒樓中大碗飲酒、大塊吃肉的樂趣，總覺還是脫困出去要好得多，心想：「小師妹和林師弟成親卻又如何？反正我給人家欺侮得夠了。我內力全失，早已是廢人一個，平大夫說我已活不了多久，小師妹就算願意嫁我，我也不能娶她，難道叫她終身爲我守寡嗎？」

但內心深處總覺得：倘若岳靈珊眞要相嫁，他固不會答允，可是岳靈珊另行愛上了林平之，卻又令他痛心之極。最好……最好……最好怎樣？「最好小師妹仍然和以前一樣，最好這一切事情都未有過，我仍和她在華山的瀑布中練劍，林師弟沒到華山來，我和小師妹永遠這樣快快活活的過一輩子。唉，田伯光、桃谷六仙、儀琳師妹……」

想到恆山派的小尼姑儀琳，臉上登時露出了溫柔的微笑，心想：「這個儀琳師妹，現今不知怎樣了？她如知道我給關在這裏，一定焦急得很。她師父收到了我師父的信後，當然不會准許她前來救我。但她會求她的父親不戒和尚設法，說不定還會邀同桃谷六仙一齊前來。唉，這七個人亂七八糟，說甚麼也成不了事。只不過有人來救，總是勝於沒人理睬。」想起桃谷六仙的纏七夾八，不由得嘻嘻一笑，當和他們共處之時，對這六兄弟不免有些輕視，這時卻恨不得他們也在這牢房內作伴，那些莫名其妙的怪話，這時倘能聽到，實如仙樂綸音一般了，想了一會，又復睡去。

黑獄之中，不知時辰，矇矇矓矓間，又見方孔中射進微光。令狐冲大喜，當即坐起，一顆心怦怦亂跳：「不知是誰來救我了？」但這場歡喜維持不了多久，隨即聽到緩慢滯重的腳步之聲，顯然便是那送飯的老人。他頹然臥倒，叫道：「叫那四隻狗賊來，瞧他們有沒臉見我？」聽得腳步聲漸漸走近，燈光也漸明亮，跟著一隻木盤從方孔中伸了進來，盤上仍放著一大碗米飯，一隻瓦罐。

令狐冲早餓得肚子乾癟，乾渴更是難忍，微一躊躇，便接過木盤。那老人木盤放手，轉身便行。令狐冲叫道：「喂，喂，你慢走，我有話問你。」那老人毫不理睬，但聽得踢躂、踢躂，拖泥帶水的腳步聲漸漸遠去，燈光也即隱沒。

令狐冲詛咒了幾聲，提起瓦罐，將口就到瓦罐嘴上便喝，罐中果是清水。他一口氣喝了半罐，這才吃飯，飯上堆著菜餚，黑暗中辨別滋味，是些蘿蔔、豆腐之類。

如此在牢中挨了七八日，每天那老人總是來送一次飯，跟著接去早一日的碗筷、瓦罐，以及盛便溺的罐子。不論令狐冲跟他說甚麼話，他臉上總是絕無半分表情。

也不知是第幾日上，令狐冲一見燈光，便撲到方孔之前，抓住了木盤，叫道：「你為甚麼不說話？到底聽見了我的話沒有？」

那老人一手指了指自己耳朵，搖了搖頭，示意耳朵是聾的，跟著張開口來。令狐冲一見之下，驚得呆了，只見他口中舌頭只賸下半截，模樣甚為可怖。他「啊」的一聲大叫，說道：「你的舌頭給人割去了？是梅莊這四名狗莊主下的毒手？」那老人並不答話，慢慢將木盤遞進方孔，顯然他聽不到令狐冲的話，就算聽到了，也沒法回答。

令狐冲心頭驚怖，直等那老人去遠，兀自靜不下心來吃飯，那老人給割去了半截舌頭的可怖模樣，不斷出現在眼前。他恨恨的自言自語：「這江南四狗如此可惡。令狐冲終身不能脫困，那便罷了，有一日我得脫牢籠，定當將這四狗一個個割去舌頭、鑽聾耳朵、刺瞎眼睛……」

突然之間，內心深處出現了一絲光亮：「莫非是那些人……那些人……」想起那晚在藥王廟外刺瞎一十五名漢子的雙目，這些人來歷如何，始終不知。「難道他們將我囚於此處，是為了報當日之仇麼？」想到這裏，嘆了口長氣，胸中積蓄多日的惡氣，登時便消了大半：「我刺瞎這一十五人的眼睛，他們要報仇，那也是應當的。」

他氣憤漸平，日子也就容易過了些。黑獄中日夜不分，自不知已給囚了多少日子，只覺過一天便熱一天，想來已到盛夏。

小小一間囚室中沒半絲風息，濕熱難當。這一天實在熱得受不住了，但手足上都縛了鐵鍊，衣褲沒法全部脫除，只得將衣衫拉上，褲子褪下，又將鐵板床上所鋪的破蓆捲起，赤身裸體的睡在鐵板上，登時感到一陣清涼，大汗漸消，不久便睡著了。

睡了個把時辰，鐵板給他身子煨熱了，迷迷糊糊的向裏挪去，換了個較涼的所在，左手按在鐵板上，覺得似乎刻著甚麼花紋，其時睡意正濃，也不加理會。

這一覺睡得甚是暢快，醒轉來時，頓覺精神飽滿。過不多時，那老人又送飯來了。令狐冲對他甚爲同情，每次他托木盤從方孔中送進來，必去捏捏他手，或在他手背上輕拍數下，表示謝意，這一次仍然如此。他接了木盤，縮臂回轉，突然之間，在微弱的燈光之下，只見自己左手手背上凸起了四個字，清清楚楚是「我行被困」四字。

他大感奇怪，不明白這四字的來由，微一沉吟，忙放下木盤，伸手去摸床上鐵板，原來竟刻滿了字跡，密密麻麻的也不知有多少字。他登時省悟，這鐵板上的字是早就刻下了的，只因前時床上有蓆，因此未曾發覺，昨晚赤身在鐵板上睡臥，手背上才印了這四個字，反手在背上、臀上摸了摸，不禁啞然失笑，觸手處盡是凸起的字跡。每個字約有銅錢大小，印痕甚深，字跡卻頗潦草。

其時送飯老人已然遠去，囚室又漆黑一團，他喝了幾大口水，顧不得吃飯，伸手從頭去摸鐵床上的字跡，慢慢一個字、一個字的摸索下去，輕輕讀了出來：

「老夫生平快意恩仇，殺人如麻，囚居湖底，亦屬應有之報。唯老夫任我行被困……」讀到這裏，心想：「原來『我行被困』四字，是在這裏印出來的。」繼續摸下去，那字跡寫道：「……於此，一身通天徹地神功，不免與老夫枯骨同朽，後世小子，不知老夫之能，亦憾事也。」

令狐冲停手抬起頭來，尋思：「老夫任我行！老夫任我行！刻這些字跡之人，自是叫做任我行了。原來這人也姓任，不知與任老前輩有沒干係？」又想：「這地牢不知建成已有多久，說不定刻字之人，在數十年或數百年前便已逝世了。」

繼續摸下去，以後的字跡是：「茲將老夫神功精義要旨，留書於此，後世小子習之，自可縱橫天下，老夫死且不朽矣。第一，坐功……」以下所刻，都是調氣行功的法門。

令狐冲自習「獨孤九劍」之後，於武功中只喜劍法，而自身內力既失，一摸到「坐功」二字，便自悵然，只盼以後字跡中留有一門奇妙劍法，不妨便在黑獄之中習以自遣，脫困之望越來越渺茫，坐困牢房，若不尋些事情做做，日子委實難過。

可是此後所摸到的字跡，盡是「呼吸」、「意守丹田」、「氣轉金井」、「任脈」等等修習內功的用語，直摸到鐵板盡頭，也尋不著一個「劍」字。他好生失望：「甚麼通天徹地的神功？這不是跟我開玩笑麼！甚麼武功都好，我就是不能練內功，一凝內息，胸腹間立時氣血翻湧。我去練內功，那是自找苦吃。」

嘆了口長氣，端起飯碗吃飯，心想：「這任我行不知是甚麼人物？他口氣好狂，甚麼通天徹地，縱橫天下，似乎世上更無敵手。原來這地牢是專門用來囚禁武學高手的。」初發現鐵板上的字跡時，原有老大一陣興奮，此刻不由得意興索然，心想：「老天真是弄人，我沒尋到這些字跡，倒還好些。」又想：「那個任我行若確如他所自誇，功夫這等了得，又怎會仍被困於此，無法得脫？可見這地牢固密之極，縱有天大本事，一入牢籠，也只有慢慢在這裏等死了。」對鐵板上的字跡不再理會。

杭州一到炎暑，全城猶如蒸籠。地牢深處湖底，不受日晒，本該陰涼得多，但一來不通風息，二來潮濕無比，身居其中，另有一般困頓。令狐冲每日都拉高了衣褲，睡上鐵板取涼，一伸手便摸到字跡，不知不覺間，已將其中許多字句記在心中。

一日正自思忖：「不知師父、師娘、小師妹他們現今在那裏？已回到華山沒有？」忽聽得遠遠傳來一陣腳步聲，既輕且快，和那送飯老人全然不同。他困處多日，已不怎麼熱切盼望有人來救，突然聽到這腳步聲，不由得驚喜交集，本想一躍而起，但狂喜之下，突然全身無力，竟躺在床上一動也不能動。只聽腳步聲極快的便到了鐵門外。

只聽門外有人說道：「任先生，這幾日天氣好熱，你老人家身子好罷？」話聲入耳，令狐冲便認出是黑白子，倘若此人在一個多月以前到來，令狐冲定然破口大罵，甚麼惡毒的言語都會罵出來，但經過這些時日的囚禁，已然火氣大消，沉穩得多，又想：「他爲甚麼叫我任先生？是走錯了牢房麼？」當下默不作聲。

只聽得黑白子道：「有一句話，我每隔兩個月便來請問你老人家一次。今日七月初一，我問的還是這一句話，老先生到底答不答允？」語氣甚是恭謹。

令狐冲暗暗好笑：「這人果然走錯了牢房，以爲我是任老前輩了，怎地如此胡塗？」隨即心中一凜：「梅莊這四個莊主之中，顯以黑白子心思最爲縝密。如是禿筆翁、丹青生，說不定還會走錯了牢房。黑白子卻怎會弄錯？其中必有緣故。」當下仍默不作聲。

只聽得黑白子道：「任老先生，你一世英雄了得，何苦在這地牢之中與腐土同朽？只須你答允了我這事，在下言出如山，自當助你脫困。」

令狐冲心中怦怦亂跳，腦海中轉過了無數念頭，卻摸不到半點頭緒，黑白子來跟自己說這幾句話，實不知是何用意。只聽黑白子又問：「老先生到底答不答允？」令狐冲心知眼前是個脫困機會，不論對方有何歹意，總比不死不活、不明不白的困在這裏好得多，但沒法揣摸到對方用意所在，生怕答錯了話，致令良機坐失，只好仍然不答。

黑白子嘆了口氣，說道：「任老先生，你怎麼不作聲？上次那姓風的小子來跟你比劍，你在我三個兄弟面前，絕口不提我向你問話之事，足感盛情。我想老先生經過那一場比劍，當年的豪情勝概，不免在心中又活了起來罷？外邊天地多廣闊，你老爺子出得黑牢，普天下的男女老幼，你要殺那一個便殺那一個，沒人敢與老爺子違抗，豈不痛快之極？你答允我這件事，於你絲毫無損，卻為甚麼十二年來總不肯應允？」

令狐冲聽他語音誠懇，確是將自己當作了那姓任的前輩，心下更加起疑，只聽黑白子又說了一會話，翻來覆去只是求自己答允那件事。令狐冲急欲獲知其中詳情，但料想自己只須一開口，情形立時會糟，只有硬生生的忍住，不發半點聲息。

黑白子道：「老爺子如此固執，只好兩個月後再見。」忽然輕笑幾聲，說道：「老爺子這次沒破口罵我，看來已有轉機。這兩個月中，請老爺子再好好思量罷。」說著轉身向外。令狐冲著急起來，他這一出去，須得再隔兩月再來，在這黑獄中渡日如年，怎能再等得兩個月？等他走出幾步，便即壓低嗓子，粗聲道：「你求我答允甚麼？」

黑白子轉身縱到方孔之前，行動迅捷之極，顫聲問：「你……你肯答允了嗎？」

令狐冲轉身向著牆壁，將手掌蒙在口上，含糊不清的道：「答允甚麼？」黑白子道：「十二年來，每年我都有六次冒險來到此處，求懇你答允，老爺子怎地明知故問？」

令狐冲哼的一聲，道：「我忘記了。」黑白子道：「我求老爺子將那大法的秘要傳授在下，在下學成之後，自當放老爺子出去。」

令狐冲尋思：「他是眞的將我錯認作那姓任的前輩？還是另有陰謀詭計？」一時無法知他眞意，只得又模模糊糊的咕嚕幾句，連自己都不知說的是甚麼，黑白子自然更加聽不明白了，連問：「老爺子答不答允？老爺子肯答允了？」

令狐冲道：「你言而無信，我才不上這當呢。」

黑白子道：「老爺子要在下作甚麼保證，才能相信？」令狐冲道：「你自己說好了。」黑白子道：「老爺子定是躭心傳授了這大法的秘要之後，在下食言而肥，不放老爺子出去，是不是？這一節在下自有安排。總是教老爺子信得過便是。」令狐冲道：「甚麼安排？」黑白子道：「請問老爺子，你是答允了？」語氣中顯得驚喜不勝。

令狐冲腦中念頭轉得飛快：「他求我傳大法的秘要，我又有甚麼大法的秘要可傳？但不妨聽聽他有甚麼安排。他如眞的能放我出去，我便將鐵板上那些祕訣說給他聽，管他有用無用，先騙一騙他再說。」

黑白子聽他不答，又道：「老爺子將大法傳我之後，我便是老爺子門下的弟子了。本教弟子欺師滅祖，向來須受剝皮凌遲之刑，數百年來沒人能逃得過。在下如何膽敢不放老爺子出去？」令狐冲哼的一聲，說道：「原來如此。三天之後，你來聽我回話。」黑白子道：「老爺子今日答允了便是，何必在這黑牢中多躭三天？」

令狐冲心想：「他比我還心急得多，且多挨三天再說，看他到底有何詭計。」當下重重哼了一聲，顯得甚爲惱怒。

黑白子道：「是！是！三天之後，在下再來向你老人家請教。」

令狐冲聽得他走出地道，關上了鐵門，心頭思潮起伏：「難道他當眞將我錯認爲那姓任的前輩？此人甚是精細，怎會鑄此大錯？」突然想起一事：「莫非黃鍾公窺知了他的秘密，暗中將任前輩囚於別室，卻將我關在此處？不錯，這黑白子十二年來，每隔兩月便來一次，多半給人察覺了。定是黃鍾公暗中布下了機關。」

突然之間，想起了黑白子適才所說的一句話來：「本敎弟子欺師滅祖，向來須受剝皮凌遲之刑，數百年來沒人能逃得過。」尋思：「本敎？甚麼敎？難道是魔敎，莫非那姓任的前輩和江南四狗都是魔敎中人？向大哥是魔敎右使，此事自必跟他相干。也不知他們搗甚麼鬼，卻將我牽連在內。」一想到「魔敎」，便覺其中詭秘重重，難以明白，也就不再多想，只琢磨著兩件事：「黑白子此舉出於眞情，還是作僞？三天之後他再來問我，那便如何答覆？」

東猜西想，種種古怪的念頭都轉到了，卻想破了頭也沒法猜到黑白子的眞意，到後來疲極入睡。一覺醒轉之後，第一個念頭便是：「倘若向大哥在此，他見多識廣，頃刻間便能料到黑白子的用意。那姓任的前輩智慧之高，顯然更在向大哥之上……啊喲！」

脫口一聲大叫，站起身來。睡了這一覺之後，腦子大爲清醒，心道：「十二年來，任老前輩始終沒答允他，自因深知此事答允不得。他是何等樣人，豈不知其中的利害關節？」隨即又想：「任老前輩固不能答允，我可不是任老前輩，又爲甚麼不能？」

情知此事十分不妥，中間含有極大凶險，但脫困之心企急，當下打定主意：「三天後黑白子再來問我，我便答允了他，將鐵板上這些練氣的秘訣傳授於他，聽他如何應對，再隨機應變便是。」

於是摸著鐵板上的字跡默默記誦，心想：「我須當讀得爛熟，教他時脫口而出，他便不會起疑。只是我口音和那任老前輩相差太遠，只好拚命壓低嗓子。是了，我大叫兩日，把喉嚨叫得啞了，到那時再說得加倍含糊，他當不易察覺。」

當下讀一會口訣，便大叫大嚷一會，知道黑牢深處地底，門戶重疊，便在獄室裏大放炮仗，外面也聽不到半點聲息。他放大了喉嚨，一會兒大罵江南四狗，一會兒唱歌唱戲，唱到後來，自覺實在難聽，不禁大笑一場，便又去記誦鐵板上的口訣，突然間讀到幾句話：

「當令丹田常如空箱，恆似深谷，須知空箱方可貯物，深谷始能容水。丹田中若有絲毫內息，便即散之於任脈諸穴。」

這幾句話，以前也曾摸到過好幾次，只是心中對這些練氣的法門存著厭惡之意，字跡過指，從不去思索其中含意，此刻卻覺大爲奇怪：「師父教我修習內功，基本要義在於充氣丹田，丹田之中須當內息密實，越是渾厚，內力越強。爲甚麼這口訣卻說丹田之中不可存絲毫內息？丹田中若無內息，內力從何而來？任何練功的法門都不會如此，這不是跟人開玩笑麼？哈哈，黑白子此人卑鄙無恥，我便將這法門傳他，教他上一個大當，有何不可？」

摸著鐵板上的字跡，慢慢琢磨其中含意，起初數百字都是教人如何散功，如何化去自身內力，越來越感駭異：「天下有那一個人如此蠢笨，居然肯將畢生勤修苦練而成的內力設法化去？除非他是決意自盡了。若要自盡，橫劍抹脖子便是，何必如此費事？這般化散內功，比修積內功還著實艱難得多，練成了又有甚麼用？」想了一會，不由得大是沮喪：「黑白子一聽這些口訣法門，便知是消遣他的，怎肯上當？看來這條計策是行不通的了。」

越想越煩惱，口中翻來覆去的只唸著那些口訣：「丹田有氣，散之任脈，如竹中空，似谷恆虛……」唸了一會，心中有氣，搥床大罵：「他媽的，這人在這黑牢中給關得怒火難消，便安排這詭計來捉弄旁人。」罵了一會，便睡著了。

睡夢之中，似覺正在照著鐵板上的口訣練功，甚麼「丹田有氣，散之任脈」，便有一股內息向任脈中流動，四肢百骸，竟說不出的舒服。

過了好一會，迷迷糊糊的似睡非睡，似醒非醒，覺丹田中的內息仍在向任脈流動，突然動念：「啊喲，不好！我內力如此不絕流出，豈不是轉眼變成廢人？」一驚之下，坐了起來，內息登時從任脈中轉回，只覺氣血翻湧，頭暈眼花，良久之後，這才定下神來。

驀地裏想起一事，不由得驚喜交集：「我所以傷重難愈，全因體內積蓄了桃谷六仙和不戒和尚的七八道異種眞氣，以致連平一指大夫也沒法醫治。少林寺方丈方證大師言道，只有修習《易筋經》，才能將這些異種眞氣逐步化去。這鐵板上所刻的內功秘要，不就正是教我如何化去自身內力嗎？哈哈，令狐冲，你這人當眞蠢笨之極，別人怕內力消失，你卻是怕內力不能消失。有此妙法，練上一練，那是何等的美事？」

自知適才在睡夢中練功，乃日有所思，夜有所夢。淸醒時不斷唸誦口訣，腦中所想，盡是鐵板上的練功法門，入睡之後，不知不覺的便依法練了起來，但畢竟思緒紛亂，並非全然照著法門而行。這時精神一振，重新將口訣和練法摸了兩遍，心下想得明白，這才盤膝而坐，循序修習。只練得一個時辰，便覺長期鬱積在丹田中的異種眞氣，已有一些散入了任脈，雖未能驅出體外，氣血翻湧的苦況卻已大減。

他站起身來，喜極而歌，卻覺歌聲嘶嗄，甚是難聽，原來早一日大叫大嚷以求喊啞喉嚨，居然已收功效，心道：「任我行啊任我行，你留下這些口訣法門，想要害人。那知道撞在我手裏，反而於我有益無害。你死而有知，只怕要氣得你大翹鬍子罷！哈哈，哈哈！」

如此毫不間歇的散功，多練一刻，身子便舒服一些，心想：「我將桃谷六仙和不戒和尚的眞氣盡數散去之後，再照師父所傳的法子，重練本門內功。雖然一切從頭做起，要花上不少功夫，但我這條性命，只怕就此撿回來了。如向大哥終於來救我出去，江湖之上，豈不是另有一番天地？」忽爾又想：「師父既已將我逐出華山派，我又何必再練華山派內功？武林中各家各派的內功甚多，我便跟向大哥學，又或是跟盈盈學，卻又何妨？」心中一陣淒涼，又一陣興奮。

這日吃了飯後，散了一會功，只覺說不出的舒服，不由自主的縱聲大笑。

忽聽得黑白子的聲音在門外說道：「前輩你好，晚輩在這裏侍候多時了。」原來不知不覺間三日之期已屆，令狐冲潛心練功散氣，連黑白子來到門外亦未發覺，幸好嗓子已啞，他並未察覺，於是又乾笑幾聲。

黑白子道：「前輩今日興致甚高，便收弟子入門如何？」

令狐冲尋思：「我如答允收他爲弟子，傳他這些練功的法門，他一開門進來，發見是我風二中而不是那姓任的前輩，自然立時翻臉。再說，就算傳他功夫的眞是任前輩，黑白子練成之後，多半會設法將他害死，譬如在飯菜中下毒之類。是了，這黑白子要下毒害死我，當真易如反掌，他學到了口訣，怎會再將我放出？任前輩十二年來所以不肯傳他，自是爲此了。」

黑白子聽他不答，說道：「前輩傳功之後，弟子即去拿美酒肥鷄來孝敬前輩。」令狐冲遭囚多日，每日吃的都是青菜豆腐，一聽到「美酒肥鷄」，不由得饞涎欲滴，說道：「好，你先去拿美酒肥鷄來，我吃了之後，心中一高興，或許便傳你些功夫。」

黑白子忙道：「好好，我去取美酒肥鷄。不過今天是不成了，明日如有機緣，弟子自當取來奉獻。」令狐冲道：「幹麼今日不成？」黑白子道：「來到此處，須得經過我大哥的臥室，只有乘著我大哥靜坐用功、全神出竅之時，才能……才能……」令狐冲嗯了一聲，便不言語了。

黑白子記掛著黃鍾公坐功完畢，回入臥室，當下不敢多躭，告辭而去。

令狐冲心想：「怎生才能將黑白子誘進牢房，打死了他？此人狡猾之極，決不會上當。何況扯不斷手足的鐵鍊，就算打死了黑白子，我仍然不能脫困。」心中轉著念頭，右手幾根手指伸到左腕的鐵圈中，用力一扳，那是無意中的隨手而扳，決沒想眞能扯開鐵圈，可是那鐵圈竟然張了開來，又扳了幾下，左腕竟從鐵圈中脫出。

這一下大出意外，驚喜交集，摸那鐵圈，原來中間竟然有一斷口，但若自己內力未曾散開，稍一使力，便欲昏暈，圈上雖有斷口，終究也扳不開來。此刻他已散了兩天內息，桃谷六仙與不戒大師注入他體內的眞氣有部分到了任脈之中，自然而然生出強勁內力，而不致如往日般氣血翻湧。再摸右腕上的鐵圈，果然也有一條細縫。這條細縫以前不知曾摸到過多少次，但說甚麼也想不到這竟是斷口。當即左手使勁，將右腕上的鐵圈也扳開了，跟著摸到箍在兩隻足脛上的鐵圈，也都有斷口，運勁扳開，一一除下，只累得滿身大汗，氣喘不已。鐵圈既除，鐵鍊隨之脫落，身上已無束縛。他好生奇怪：「爲甚麼每個鐵圈上都有斷口？這樣的鐵圈，怎能鎖得住人？」

次日那老人送飯來時，令狐冲就著燈光一看，只見鐵圈斷口處有一條條細微的鋼絲鋸紋，顯是有人以一條極細的鋼絲鋸子，將足鐐手銬上四個鐵圈都鋸斷了，斷口處閃閃發光，並未生鏽，鐵圈鋸斷必是在不久以前，何以這些鐵圈又合了攏來，套在自己手足上？「那多半有人暗中在設法救我。這地牢如此隱密，外人決計無法入來，救我之人必是梅莊中的人物。想來他不願這等對我暗算，因此在我昏迷不醒之時，暗中用鋼絲鋸子將腳鐐手銬鋸開了。此人自不肯和梅莊中餘人公然爲敵，只有覷到機會，再來放我出去。」

想到此處，精神大振，心想：「這地道的入口處在黃鍾公的臥床之下，如是黃鍾公想救我，隨時可以動手，不必躭擱這許多時光。黑白子當然不會。禿筆翁和丹青生二人之中，丹青生和我是酒中知己，交情與衆不同，十之八九是丹青生。」再想到黑白子明日來時如何應付：「我只跟他順口敷衍，騙他些酒肉吃，教他些假功夫，有何不可？」

隨即又想：「丹青生隨時會來救我出去，須得趕快將鐵板上的口訣法門記熟了。」摸著字跡，口中誦讀，心中記憶。先前摸到這些字跡時並不在意，此時眞要記誦得絕無錯失，倒也不是易事。鐵板上字跡潦草，他讀書不多，有些草字便不識得，只好強記筆劃，胡亂唸個別字充數。心想這些上乘功夫的法門，一字之錯，往往令得練功者人鬼殊途，成敗逆轉，只要練得稍有不對，難免走火入魔。出此牢後，當再無機會重來讀訣，非記得沒半點錯漏不可。他唸了一遍又一遍，不知讀了多少遍，幾乎倒背也背得出了，這才安心入睡。

睡夢之中，果見丹青生前來打開牢門，放他出去，令狐冲一驚而醒，待覺是南柯一夢，卻也並不沮喪，心想：「他今日不來救，只不過未得其便，不久自會來救。」

心想這鐵板上的口訣法門於我十分有用，於別人卻有大害，日後如再有人給囚於這黑牢之中，那人自然是好人，可不能讓他上了那任我行的大當。當下摸著字跡，又從頭至尾的讀了十來遍，拿起除下的鐵銬，將其中的字跡刮去了十幾個字。

這一天黑白子並未前來，令狐冲也不在意，照著口訣法門，繼續修習。其後數日，黑白子始終沒來。令狐冲自覺練功大有進境，桃谷六仙和不戒和尚留在自己體內的異種眞氣，已有六七成從丹田中驅出，散之於任脈、督脈，以及陽維、陰維、陽蹻、陰蹻，以至衝脈、帶脈等奇經八脈。雖要散入帶脈、衝脈較爲艱難，但鐵板上所刻心法詳加教導，令狐冲以前修習過華山派內功，於這經脈之學倒也知之甚稔，心想即使目前不成，只須持之有恆，自能盡數驅出。

他每日背誦口訣數十遍，刮去鐵板上的字跡數十字，自覺力氣越來越大，用鐵銬刮削鐵板，已花不了多大力氣。如此又過了一月有餘，他雖在地底，亦覺得炎暑之威漸減，心想：「冥冥之中果有天意，我若是冬天被囚於此，決不會發見鐵板上的字跡。說不定熱天未到，丹青生已將我救了出去。」

正想到此處，忽聽得甬道中又傳來了黑白子的腳步聲。

令狐冲本來橫臥在床，當即轉身，面向裏壁，只聽得黑白子走到門外，說道：「任……任老前輩，眞正萬分對不起。這一個多月來，我大哥一直不出室門。在下每日裏焦急萬狀，只盼來跟你老人家請安問候，總不得其便。你……你老人家千萬別見怪才好！」一陣酒香鷄香，從方孔中傳了進來。

令狐冲這許多日子滴酒未沾，一聞到酒香，那裏還忍得住，轉身道：「把酒菜拿來吃了再說。」黑白子道：「是，是。前輩答允傳我神功的秘訣了？」令狐冲道：「每次你送三斤酒，一隻鷄來，我便傳你四句口訣。等我喝了三千斤酒，吃了一千隻鷄，口訣也傳得差不多了。」黑白子道：「這樣未免太慢，只怕日久有變。晚輩每次送六斤酒，兩隻鷄，前輩每次便傳八句口訣如何？」令狐冲笑道：「那也可以。拿來，拿來！」

黑白子托著木盤，從方孔中遞將進去，盤上果是一大壺酒，一隻肥鷄。

令狐冲心想：「我未傳口訣，你總不能先毒死我。」提起酒壺，骨嘟嘟的便喝。這酒並不甚佳，但這時喝在口裏，實在醇美無比，似乎丹青生四釀四蒸的吐魯番葡萄濃酒也有所不及，當下一口氣便喝了半壺，跟著撕下一條鷄腿大嚼起來，頃刻之間，將一壺酒、一隻鷄吃得乾乾淨淨，拍了拍肚子，讚道：「好酒，好酒！」

黑白子笑道：「老爺子吃了肥鷄美酒，便請傳授口訣了。」令狐冲聽他再也不提拜師之事，只道自己喝酒吃鷄之餘，一時記不起了，當下也就不提，說道：「好，這四句口訣，你牢牢記住了：『奇經八脈，中有內息，聚之丹田，會於膻中。』你懂得解麼？」鐵板上原來的口訣是：「丹田內息，散於四肢，膻中之氣，分注八脈。」他故意將之倒了轉來。黑白子一聽，覺這四句口訣平平無奇，乃練氣的尋常法門，說道：「這四句，在下領會得，請前輩再傳四句。」

令狐冲心想：「這四句經我一改，變得毫無特色，他自感不足了，須當唸四句十分古怪的，嚇唬嚇唬他。」說道：「今天是第一日，索性多傳四句，你記好了。『震裂陽維，塞絕陰蹻，八脈齊斷，神功自成。』」

黑白子大吃一驚，道：「這……這……這人身的奇經八脈倘若斷絕了，那裏還活得成？這……這四句口訣，晚輩可當眞不明白了。」令狐冲道：「這等神功大法，倘若人人都能領會，那還有甚麼希奇？這中間自然有許多精微奇妙之處，常人不易索解。」

黑白子聽到這裏，越來越覺他說話的語氣、所用的辭句，與那姓任之人大不相同，不由得疑心大起。前兩次令狐冲說話極少，辭語又十分含糊，這一次吃了酒後，精神振奮，說話多了，黑白子十分機警，登時便生疑竇，料想他有意改變口訣，戲弄自己，說道：「你說『八脈齊斷，神功自成』，難道老爺子自己這奇經八脈都已斷絕了嗎？」

令狐冲道：「這個自然。」他從黑白子語氣之中，聽出他已起了疑心，不敢跟他多說，道：「全部傳完，你融會貫通，自能明白。」說著將酒壺放在盤上，從方孔中遞將出去。黑白子伸手來接。

令狐冲突然「啊喲」一聲，身子向前一衝，噹的一響，額頭撞上鐵門。

黑白子驚道：「怎樣了？」他這等武功高強之人，反應極快，一伸手，已探入方孔，抓住木盤，生怕酒壺掉在地下摔碎。

便在這電光石火的一瞬之間，令狐冲左手翻上，抓住了他右手手腕，笑道：「黑白子，你瞧瞧我到底是誰？」黑白子大驚，顫聲道：「你……你……」

令狐冲將木盤遞出去之時，並未有抓他手腕的念頭，待在油燈微光下見到黑白子手掌在方孔外一晃，只待接他木盤，突然之間，心中起了一股難以抑制的衝動。自己在這裏囚禁多日，全是出於這人的狡計，若能將他手腕扭斷了，也足稍出心中的惡氣；又想他出其不意的給自己抓住，必然大吃一驚，這人如此奸詐，嚇他一跳，又有何不可？也不知是出於報復之意，還是一時童心大盛，便這麼假裝摔跌，引得他伸手進來，抓住了他手腕。

黑白子本來十分機警，只是這一下實在太過突如其來，事先更沒半點朕兆，待得心中微覺不妥，手腕已遭對方抓住，只覺對方五根手指便如是一隻鐵箍，牢牢的扣住了自己右腕上「內關」、「外關」兩處穴道，當即手腕急旋，反打擒拿。

噹的一聲大響，左足三根足趾立時折斷，痛得啊啊大叫。

何以他右手手腕遭扣，左足的足趾卻會折斷，豈非甚奇？原來黑白子於對方向來深自敬憚，這時手腕遭扣，立即想到有性命之憂，忙不迭的使出一招「蛟龍出淵」。這一招乃手腕爲人扣住時所用，手臂向內急奪，左足無影無蹤的疾踢而出，這一腳勢道厲害已極，正中敵人胸口，非將他踢得當場吐血不可。敵人若是高手，知所趨避，便須立時放開他手腕，否則沒法躲得過這當胸一腳。也是事出倉卒，黑白子急於脫困，沒想到自己和對方之間隔了一道厚厚的鐵門，這一招「蛟龍出淵」確是使對了，這一腳也踢得部位既準，力道又凌厲之極，只是噹的一聲大響，踢中的乃是鐵門。

令狐冲聽到鐵門這一聲大響，這才明白，自己全仗鐵門保護，才逃過了黑白子如此厲害的當胸一腳，忍不住哈哈大笑，說道：「再踢一腳，踢得也這樣重，我便放你。」

突然之間，黑白子猛覺右腕「內關」、「外關」兩處穴道中內力源源外洩，不由得想起生平最害怕的一件事來，登時魂飛天外，一面運力凝氣，一面哀聲求告：「老……老爺子，求你……」他一說話，內力更大量湧出，只得住口，但內力還是不住飛快洩出。

令狐冲自練了鐵板上的功夫之後，丹田已然如竹之虛，如谷之空，這時覺得丹田中有氣注入，卻也並不在意。只覺黑白子的手腕不住顫抖，顯是害怕之極，心中氣他不過，索性嚇他一嚇，喝道：「我傳了你功夫，你便是本門弟子了，你欺師滅祖，該當何罪？」

黑白子只覺內力愈洩愈快，勉強凝氣，還暫時能止得住，但呼吸終究難免，一呼一吸之際，內力便大量外洩，這時早忘了足趾上的疼痛，只求右手能從方孔中脫出，縱然少了一隻手一隻腳也所甘願，一想到此處，伸手便去腰間拔劍。

他身子這麼一動，右腕上內關、外關兩處穴道便如開了兩個大缺口，立時全身內力急瀉而出，有如河水決堤，再難堵截。黑白子知道只須再捱得一刻，全身內力便盡數爲對方吸去，當下奮力抽出腰間長劍，咬緊牙齒，舉將起來，便欲將自己手臂砍斷。但這麼一使力，內力奔騰而出，耳朵中嗡的一聲，便暈了過去。

令狐冲抓住他手腕，只不過想嚇他一嚇，最多也是扭斷他腕骨，以洩心中積忿，沒料到他竟會嚇得如此的魂不附體，以致暈去，哈哈一笑，便鬆了手。他這一鬆手，黑白子身子倒下，右手便從方孔中縮回。

令狐冲腦中突如電光般閃過一個念頭，急忙抓住他的手掌，其時出手迅捷異常，及時拉住，心想：「我何不用鐵銬將他銬住，逼迫黃鍾公他們放我？」當下使力將黑白子的手腕拉近，沒料想用力一拉，黑白子的腦袋竟從方孔中鑽了進來，呼的一聲，整個身子都進了牢房。

這一下實大出意料之外，他一呆之下，暗罵自己愚不可及，這洞孔有尺許見方，只要腦袋通得過，身子便亦通得過，黑白子既能進來，自己又何嘗不能出去？以前四肢爲銬鐐所繫，自然無法越獄，但銬鐐早已暗中給人鋸開，卻爲何不逃？又忖：「丹青生暗中給我鋸斷了銬鐐，日日盼望我跟著那送飯的老人越獄逃走，想必心焦之極了。」他發覺銬鐐已爲人鋸斷之時，正自全副精神貫注於散功，其時鐵板上的功訣尙未背熟，自不願就此離去，只因內心深處不願便即離開牢房，是以也未曾想到逃獄。

他略一沉吟，已有了主意，匆匆除下黑白子和自己身上的衣衫，對調了穿好，連黑白子那頭罩也套在頭上，心想：「出去時就算遇上了旁人，他們也只道我便是黑白子。」將黑白子的長劍揷在自己腰間，一劍在身，更加精神大振，又將黑白子的手足都銬在銬鐐的鐵圈之中，用力揑緊，這一揑便察覺自己力氣大極，鐵圈深陷入肉。

黑白子痛得醒了過來，呻吟出聲。令狐沖笑道：「咱哥兒倆扳扳位！那老頭兒每天會送飯送水來。」黑白子呻吟道：「任……任老爺子……你……你的吸星大法……」令狐沖那日在荒郊和向問天聯手抗敵，聽得對方人羣中有人叫過「吸星大法」，這時又聽黑白子說起，便問：「甚麼吸星大法？」黑白子道：「我……我……該……該死……」

令狐沖脫身要緊，也不去理他，從方孔中探頭出去，兩隻手臂也伸到了洞外，手掌在鐵門上輕輕一推，身子射出，穩穩站在地下，只覺丹田中又積蓄了大量內息，頗不舒服。他不知這些內力乃從黑白子身上吸來，只道久不練功，桃谷六仙和不戒和尚的內力又回入了丹田。這時只盼儘快離開黑獄，當下提了黑白子留下的油燈，從地道中出去。

地道中門戶都是虛掩，料想黑白子要待出去時再行上鎖，這一來，令狐沖便毫不費力的脫離了牢籠。他邁過一道道堅固的門戶，想起這些在黑牢中的日子，當眞如同隔世，突然之間，對黃鍾公他們也已不怎麼懷恨，但覺身得自由，便甚麼都不在乎了。

走到了地道盡頭，拾級而上，頭頂是塊鐵板，側耳傾聽，上面並無聲息。自從經過這次失陷，他一切小心謹愼得多了，並不立即衝上，站在鐵板之下等了好一會，仍沒聽得任何聲息。確知黃鍾公當眞不在臥室，這才輕輕托起鐵板，縱身而上。

他從床上的孔中躍出，放好鐵板，拉上蓆子，躡手躡足的走出來，忽聽得身後一人陰惻惻的道：「二弟，你下去幹甚麼？」

令狐冲一驚回頭，只見黃鍾公、禿筆翁、丹青生三人各挺兵刃，圍在身周。他不知祕門上裝有機關消息，這麼貿然闖出，機關上鈴聲大作，將黃鍾公等三人引了來，只是他戴著頭罩，穿的又是黑白子的長袍，無人認他得出。令狐冲一驚之下，說道：「我……我……」黃鍾公冷冷的道：「我甚麼？我看你神情不正，早料到你是要去求任我行教你練那吸星妖法，哼哼，當年你發過甚麼誓來？」

令狐冲心中混亂，不知是暴露自己眞相好呢，還是冒充黑白子到底，一時拿不定主意，拔出腰間長劍，向禿筆翁刺去。禿筆翁怒道：「好二哥，當眞動劍嗎？」舉筆一封。令狐冲這一劍只是虛招，乘他舉筆擋架，便即發足奔出。黃鍾公等三人直追出來。

令狐冲提氣疾奔，腳步奇速，片刻間便奔到了大廳。黃鍾公大叫：「二弟，二弟，你到那裏去？」令狐冲不答，仍拔足飛奔。突見迎面一人站在大門正中，說道：「二莊主，請留步！」

令狐冲奔得正急，收足不住，砰的一聲，重重撞在他身上。這一衝之勢好急，那人直飛出去，摔在數丈之外。令狐冲忙中看時，見是一字電劍丁堅，直挺挺的横在當地，身子倒確是作「一字」之形，只是和「電劍」二字卻拉不上干係了。

令狐冲足不停步的向小路上奔去。黃鍾公等一到莊子門口，便不再追來。丹青生大叫：「二哥，二哥，快回來，咱們兄弟有甚麼事不好商量……」

令狐冲只揀荒僻的小路飛奔，到了一處無人的山野，顯是離杭州城已遠。他如此迅捷飛奔，停下來時竟既不疲累，也不氣喘，似乎功力尚勝過了受傷之前。

其時黑夜四野無人，他除下頭上罩子，聽到淙淙水聲，口中正渴，當下循聲過去，來到一條山溪之畔，正要俯身去捧水喝，月光掩映下，水中映出一個人來，頭髮蓬鬆，滿臉污穢，神情甚是醜怪。

令狐冲吃了一驚，隨即啞然失笑，囚居數月，從不梳洗，自然是如此齷齪了，霎時間只覺全身奇癢，當下除去外袍，跳在溪水中好好洗了個澡，心想：「身上的老泥便沒半擔，也會有三十斤。」渾身上下擦洗乾淨，喝飽清水後，將頭髮挽在頭頂，提起劍來，剃去了滿腮鬍渣，水中一照，已回復了本來面目，與那滿臉浮腫的風二中已沒半點相似之處。

穿衣之際，覺得胸腹間氣血不暢，當下在溪邊行功片刻，便覺丹田中的內息已散入奇經八脈，丹田內又是如竹之空、似谷之虛，而全身振奮，說不出的暢快。他不知自己已練成了當世第一等厲害功夫，桃谷六仙和不戒和尚的八道眞氣、在少林寺療傷時方生大師注入他體內的內力，均已爲他散入經穴，盡皆化爲己有，而適才抓住黑白子的手腕，又已將他畢生修習的內力吸了過來貯入丹田，再散入奇經八脈，那便是又多了一個高手的功力，自是精神大振。須知不同內力若只積於丹田，不加融合，則稍一運使，便互相衝突，內臟如經刀割，但如散入經穴，再匯而為一，那便多一分強一分了。

他躍起身來，拔出腰間長劍，對著溪畔一株綠柳的垂枝隨手刺出，手腕略抖，嗤的一聲輕響，長劍還鞘，這才左足落地，抬起頭來，只見五片柳葉緩緩從空中飄落。長劍二次出鞘，在空中轉了個弧形，五片柳葉都收到了劍刃之上。他左手從劍刃上取過一片柳葉，說不出的又歡喜，又奇怪。

在溪畔悄立片時，陡然間心頭一陣酸楚：「我這身功夫，師父師娘是無論如何教不出來的了。可是我寧可像從前一樣，內力劍法，一無足取，卻在華山門中逍遙快樂，和小師妹朝夕相見，勝於這般在江湖上孤身一人，做這遊魂野鬼。」

自覺一生武功從未如此刻之高，卻從未如此刻這般寂寞淒涼。他天生愛好熱鬧，喜友好酒，過去數月受囚於地牢，孤身一人那是當然之理。此刻身得自由，卻仍是孤另另地。獨立溪畔，歡喜之情漸消，清風拂體，冷月照影，心中惆悵無限。

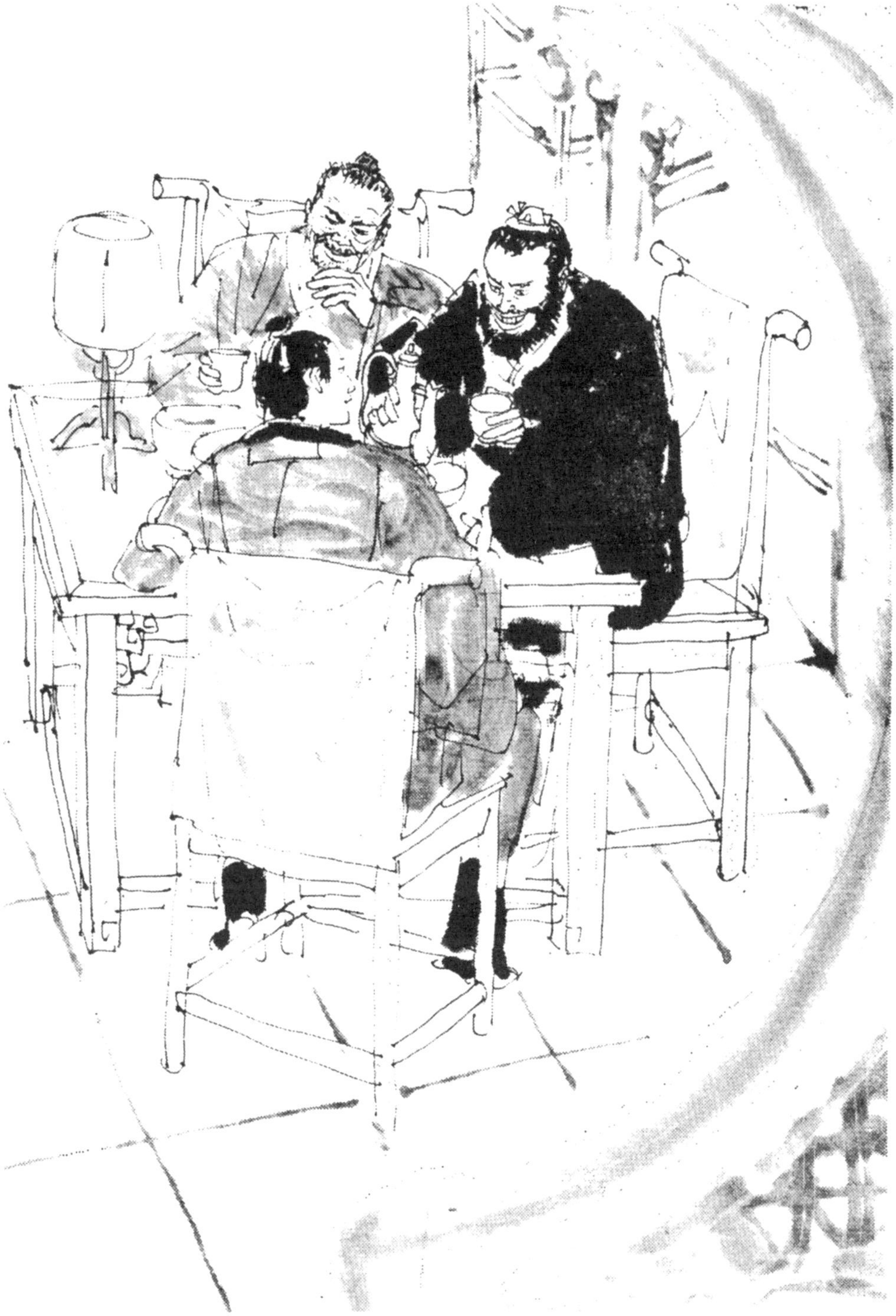

任我行提起酒壺，斟滿了一杯酒，說道：「你我今日在此相聚，大是有緣，你若聽我良言相勸，便請乾了此杯，萬事都可商量。」

二二　脫困

令狐冲悄立良久，眼見月至中天，夜色已深，心想種種疑竇，務當到梅莊去查個明白，那姓任的前輩如不是大奸大惡之輩，也當救他脫困。

當下認明路徑，向梅莊行去。上了孤山後，從斜坡上穿林近莊，耳聽得莊中寂靜無聲，輕輕躍進圍牆。見幾十間屋子都黑沉沉地，只右側一間屋子窗中透出燈光，提氣悄步走到窗下，便聽得一個蒼老的聲音喝道：「黃鍾公，你知罪麼？」聲音甚是嚴厲。

令狐冲大感奇怪，以黃鍾公如此身分，居然會有人對他用這等口吻說話，矮下身子從窗縫中向內張去。只見四人分坐在四張椅中，其中三人都是五六十歲的老者，另一人是個中年婦人。四人都身穿黑衫，腰繫黃帶。令狐冲見了他們的服色，便知是魔教中的人物。又見黃鍾公、禿筆翁、丹青生站在四人之前，背向窗外，令狐冲瞧不見他三人的神情，但一坐一站，顯然尊卑有別。

只聽黃鍾公道：「是，屬下知罪。四位長老駕臨，屬下未曾遠迎，罪甚，罪甚。」

坐在中間一個身材瘦削的老者冷笑道：「哼，不曾遠迎有甚麼罪了？又裝甚麼腔。黑白子呢？怎不來見我？」

令狐冲暗暗好笑：「黑白子給我關在地牢之中，黃鍾公他們卻當他已經逃走了。」又想：「怎麼是長老、屬下？是了，他們全都是魔教中人。」只聽黃鍾公道：「四位長老，屬下管教不嚴，這黑白子性情乖張，近來大非昔比，這幾日竟不在莊中。」

那老者雙目瞪視著他，突然眼中精光大盛，冷冷的道：「黃鍾公，教主命你們駐守梅莊，是叫你們在這裏彈琴喝酒，繪畫玩兒，是不是？」黃鍾公躬身道：「屬下四人奉了教主令旨，在此看管要犯。」那老者道：「這就是了。那要犯看管得怎樣了？」黃鍾公道：「啓稟長老，那要犯拘禁地牢之中。十二年來屬下寸步不離梅莊，不敢有虧職守。」那老者道：「很好，很好。你們寸步不離梅莊，不敢有虧職守。如此說來，那要犯仍拘禁在地牢之中了？」黃鍾公道：「正是。」

那老者抬起頭來，眼望屋頂，突然間打個哈哈，登時天花板上灰塵簌簌而落。他隔了片刻，說道：「很好！你帶那名要犯來讓我們瞧瞧。」黃鍾公道：「四位長老諒鑒，當日教主嚴旨，除非教主他老人家親臨，否則不論何人，均不許探訪要犯，違者……」

那老者一伸手，從懷中取出一塊東西，高高舉起，跟著便站起身來。其餘坐著的三人也即站起，狀貌恭謹。令狐冲凝目瞧去，只見那物長約半尺，是塊枯焦的黑色木頭，上面彫刻有花紋文字，看來十分詭異。黃鍾公等三人躬身說道：「教主黑木令牌駕到，有如教主親臨，屬下謹奉令旨。」那老者道：「好，你去將那要犯帶上來。」

黃鍾公躊躇道：「那要犯手足鑄於精鋼銬鍊之中，沒法……沒法提至此間。」

那老者冷笑道：「直到此刻，你還在強辭奪理，意圖欺瞞。我問你，那要犯到底是怎生逃出去的？」

黃鍾公驚道：「那要犯……那要犯逃出去了？決……決無此事。此人好端端的便在地牢之中，不久之前屬下還親眼見到，怎……怎能逃得出去？」

那老者臉色登和，溫言道：「哦，原來他還在地牢之中，那倒是錯怪你們了，對不起之至。」和顏悅色的站起身來，慢慢走近身去，似乎要向三人賠禮，突然間一伸手，在黃鍾公肩頭一拍。禿筆翁和丹青生同時急退兩步。可是他們行動固十分迅捷，那老者出手更快，啪啪兩聲，禿筆翁和丹青生的右肩也讓他先後拍中。那老者這三下出手，實是不折不扣的偷襲，臉上笑吟吟的甚是和藹，竟連黃鍾公這等江湖大行家也沒提防。禿筆翁和丹青生武功較弱，雖及時察覺，卻已無法閃避。

丹青生大聲叫道：「鮑長老，我們犯了甚麼罪？怎地你使這等毒手對付我們？」叫聲中既有痛楚之意，又顯得大爲憤怒。

鮑長老嘴角垂下，緩緩的道：「教主命你們在此看管要犯，給那要犯逃了出去，你們該不該死？」黃鍾公道：「那要犯倘若眞的逃走，屬下自然罪該萬死，可是他好端端的便在地牢之中。鮑長老濫施毒刑，可教我們心中不服。」他說話之時身子略側，令狐冲在窗外見到他額角上黃豆大的汗珠不住滲將出來，心想這鮑長老適才這麼一拍，定然十分厲害，以致連黃鍾公這等武功高強之人，竟也抵受不住。又想：黃鍾公的武功該當不在此人之下，這鮑長老若非使詐偷襲，未必便制他得住。

鮑長老道：「你們再到地牢去看看，倘若那要犯確然仍在牢中，我……哼……我鮑大楚給你們三位磕頭賠罪，自當立時給你們解了這藍砂手之刑。」黃鍾公道：「好，請四位在此稍待。」當即和禿筆翁、丹青生走了出去。令狐冲見他三人走出房門時都身子微微顫抖，也不知是因心下激動，還是由於身中藍砂手之故。

他生怕給屋中四人發覺，不敢再向窗中張望，緩緩坐倒在地，尋思：「他們說的甚麼教主，自必是號稱當世武功第一的東方不敗。他命江南四友在此看守要犯，已看守了十二年，自不是指我而言，當是指那姓任的前輩了。難道他竟已逃了出去？他逃出地牢，居然連黃鍾公他們都不知道，確是神通廣大。不錯，他們一定不知，否則黑白子也不會將我錯認作了任前輩。」心想黃鍾公等一入地牢，自然立時將黑白子認了出來，這中間變化曲折甚多，想來又希奇，又好笑，又想：「他們卻爲何將我也囚在牢中？多半是我和那姓任的前輩比劍之後，他們怕我出去洩漏了機密，是以將我關住。哼，這雖非殺人滅口，跟殺人滅口也相差無幾。此刻他們身中藍砂手，滋味定然極不好受，也算是爲我出了口惡氣。」

那四人坐在室中，一句話不說。令狐冲連大氣也不敢透一口，和那四人雖有一牆之隔，但相距不過丈許，只須呼吸稍重，立時便會給他們察覺。

萬籟俱寂之中，忽然傳來「啊」的一聲悲號，聲音中充滿痛苦和恐懼之意，靜夜聽來，不由得令人毛骨悚然。令狐冲聽得是黑白子的叫聲，不禁微感歉仄，雖然他爲了暗算自己而遭此報，可說自作自受，但他落在鮑大楚諸人手中，定然凶多吉少。跟著聽得腳步聲漸近，黃鍾公等進了屋中。令狐冲又湊眼到窗縫上去張望，只見禿筆翁和丹青生分在左右扶著黑白子。黑白子臉上一片灰色，雙目茫然無神，與先前所見的精明強幹情狀已全然不同。

黃鍾公躬身道：「啓……啓稟四位長老，那要犯果然……果然逃走了。屬下在四位長老跟前領死。」他似明知已然無倖，話聲頗爲鎮定，反不如先前激動。

鮑大楚森然道：「你說黑白子不在莊中，怎地他又出現了？到底是怎麼一回事？」

黃鍾公道：「種種原由，屬下實在莫名其妙。唉，玩物喪志，都因屬下四人耽溺於琴棋書畫，給人窺到了這老大弱點，定下奸計，將那人……將那人劫了出去。」

鮑大楚道：「我四人奉了教主命旨，前來查明那要犯脫逃的眞相。你們倘若據實稟告，確無分毫隱瞞，那麼……那麼我們或可向教主代你們求情，請教主慈悲發落。」

黃鍾公長長嘆了口氣，說道：「就算教主慈悲，四位長老眷顧，屬下又怎有面目再活在世上？只是其中原委曲折，屬下如不明白眞相，縱然死了也不瞑目。鮑長老，教主……教主他老人家是在杭州麼？」

鮑大楚長眉一軒，說道：「誰說他老人家在杭州？」黃鍾公道：「然則那要犯今晚剛逃走，教主他老人家怎地便知道了？立即便派遣四位長老前來梅莊？」鮑大楚哼的一聲，道：「你這人越來越胡塗啦，誰說那要犯是今晚逃走的？」

黃鍾公道：「那人確是今日傍晚越獄的，當時我三人還道他是黑白子，沒想到他移花接木，將黑白子關入地牢，穿了黑白子的衣冠衝將出來。這件事，我三弟、四弟固然看得淸淸楚楚，還有那丁堅，給他一撞之下，肋骨斷了十幾根……」鮑大楚轉頭向其餘三名長老瞧去，皺眉道：「這人胡說八道，不知說些甚麼。」一個肥肥矮矮的老者道：「咱們是上月十四得到的訊息。」說著屈指計算，道：「到今日是第十七天了。」

黃鍾公猛退兩步，砰的一聲，背脊重重撞上牆壁，說道：「決……決無此事！我們的的確確，今晚是親眼見到他逃出去的。」

他走到門口，大聲叫道：「施令威，將丁堅抬來。」施令威在遠處應道：「是！」

鮑大楚走到黑白子身前，抓住他胸口，將他身子提起，只見他手足軟軟的垂下，似乎全身骨骼俱已斷絕，只賸下一個皮囊。鮑大楚臉上變色，大有惶恐之意，一鬆手，黑白子摔在地下，竟站不起身。另一個身材魁梧的老者道：「不錯，這是中了那廝的……那廝的吸星大法，將全身精力都吸乾了。」語音顫抖，十分驚懼。

鮑大楚問黑白子道：「你在甚麼時候著了他道兒？」黑白子道：「我……我……的確是今晚不久之前，那廝……那廝抓住了我右腕，我……我便半點動彈不得，只好由他擺布。」鮑大楚甚爲迷惑，臉上肌肉微微顫動，眼神迷惘，問道：「那便怎樣？」黑白子道：「他將我從鐵門的方孔中拉進牢去，除下我衣衫換上了，又……又將足鐐手銬都套在我手足之上，然後從那方孔中鑽……鑽了出去。」

鮑大楚皺眉道：「今晚？怎能是今晚？」那矮胖老者問道：「足鐐手銬都是精鋼所鑄，又怎地弄開的？」黑白子道：「我……我實在不知道。」禿筆翁道：「屬下細看過足鐐手銬的斷口，是用鋼絲鋸子鋸斷的。這鋼絲鋸子，不知那廝何處得來？」

說話之間，施令威已引著兩名家人將丁堅抬了進來。他躺在一張軟榻上，身上蓋著一張薄被。鮑大楚揭開被子，伸手在他胸口輕輕一按。丁堅長聲大叫，顯是痛楚已極。鮑大楚點點頭，揮了揮手。施令威和兩名家人將丁堅抬了出去。

鮑大楚道：「這一撞之力果然了得，顯然是那廝所爲。」

坐在左面那中年婦人一直沒開口，這時突然說道：「鮑長老，倘若那廝確是今晚才越獄逃走，那麼上月中咱們得到的訊息只怕是假的了。那廝的同黨在外面故布疑陣，令咱們心慌意亂。」鮑大楚搖頭道：「不會是假的。」那婦人道：「不會假？」鮑大楚道：「薛香主一身金鐘罩、鐵布衫的橫練功夫，尋常刀劍也砍他不入，可是給人五指插入胸膛，將一顆心硬生生的挖了出去。對頭中除了這廝之外，當世更沒第二人……」

令狐冲正聽得出神，突然之間，肩頭有人輕輕一拍。這一拍事先更沒半點朕兆，他一驚之下，躍出三步，拔劍在手，回過頭來，只見兩個人站在當地。

這二人臉背月光，瞧不見面容。一人向他招了招手，道：「兄弟，咱們進去。」正是向問天的聲音。令狐冲大喜，低聲道：「向大哥！」

令狐冲急躍拔劍，又和向問天對答，屋中各人已然聽見。鮑大楚喝問：「甚麼人？」只聽得一人哈哈大笑，發自向問天身旁之人口中。這笑聲聲震屋瓦，令狐冲耳中嗡嗡作響，但覺胸腹間氣血翻湧，說不出的難過。那人邁步向前，遇到牆壁，雙手一推，轟隆一聲響，牆上登時穿了一個大洞，那人便從牆洞中走了進去。向問天伸手挽住令狐冲的右手，並肩走進屋去。

鮑大楚等四人早已站起，手中各執兵刃，臉上神色緊張。令狐冲急欲看到這人是誰，只不過他背向自己，但見他身材甚高，一頭黑髮，穿的是一襲青衫。

鮑大楚顫聲道：「原……原來是任……任前輩到了。」那人哼了一聲，踏步而前。鮑大楚、黃鍾公等自然而然退開了兩步。那人轉過身來，往中間的椅中一坐，這張椅子正是鮑大楚適才坐過的。令狐冲這才看清楚，只見他一張長長的臉孔，臉色雪白，更無半分血色，眉目清秀，只臉色實在白得怕人，便如剛從墳墓中出來的殭屍一般。

他對向問天和令狐冲招招手，道：「向兄弟，令狐兄弟，過來請坐。」令狐冲一聽到他聲音，驚喜交集，問道：「你……你是任前輩？」那人微微一笑，道：「正是。你劍法可高明得緊啊。」令狐冲道：「你果然已經脫險了。我正想來救……」那人笑道：「你想來救我脫困，是不是？哈哈，哈哈！向兄弟，你這位兄弟很夠朋友啊。」

向問天拉著令狐冲的手，讓他在那人右側坐了，自己坐在那人左側，說道：「令狐兄弟肝膽照人，是當世少有的堂堂血性男兒。」那人笑道：「令狐兄弟，委屈你在西湖底下的黑牢住了兩個多月，我可抱歉得很哪，哈哈，哈哈！」

這時令狐冲心中已隱隱知道了些端倪，但仍未能全然明白。

那姓任的笑吟吟的瞧著令狐冲，說道：「你雖爲我受了兩個多月牢獄之災，但練成了我刻在鐵板上的吸星大法，嘿嘿，那也足以補償而有餘了。」令狐冲奇道：「那鐵板上的秘訣是前輩刻下的？」那人微笑道：「若不是我刻的，世上更有何人會這吸星大法？」

向問天道：「兄弟，任教主的吸星神功，當世便只你一個傳人，委實可喜可賀。」令狐冲奇道：「任教主？」向問天道：「原來你到此刻還不知任教主的身分，這一位便是日月神教的任教主，他名諱是上『我』下『行』，你可曾聽見過嗎？」

令狐冲知「日月神教」就是魔教，只不過他本教之人自稱日月神教，教外之人則稱之為魔教，但魔教教主向來是東方不敗，怎地又出來一個任我行？他囁嚅道：「任……任教主的名諱，我是在那鐵板上摸到的，卻不知他是教主。」

那身材魁梧的老者突然喝道：「他是甚麼教主了？我日月神教的教主，普天下皆知是東方教主。這姓任的反教作亂，早已除名開革。向問天，你附逆為非，罪大惡極。」

任我行緩緩轉過頭來，凝視著他，說道：「你叫秦偉邦，是不是？」那魁梧老人道：「不錯。」任我行道：「我掌執教中大權之時，你在江西任青旗旗主，是不是？」秦偉邦道：「正是。」任我行嘆了口氣，道：「你現今身列本教十長老之位，升得好快哪。東方不敗為甚麼這樣看重你？你是武功高強呢，還是辦事能幹？」秦偉邦道：「我盡忠本教，遇事向前，十多年來積功而升為長老。」任我行點頭道：「原來如此。」

任我行突然身子一晃，欺到鮑大楚身前，左手疾探，向他咽喉抓去。鮑大楚大駭，右手單刀已不及揮過來砍對方手臂，只得左手手肘急抬，護住咽喉，同時左足退後一步，右手單刀順勢劈下。這一守一攻只在一剎那間完成，守得嚴密，攻得凌厲，的是極高明手法。但任我行右手還是快了一步，鮑大楚單刀尚未砍落，已抓住他胸口，嗤的一聲響，撕破了他長袍，左手將一塊物事從他懷中抓出，正是那塊黑木令。他右手掠落，抓住了鮑大楚右腕，將他手腕連刀扭轉。只聽得噹噹噹三聲響，卻是向問天遞出長劍，向秦偉邦以及其餘兩名長老分別遞了一招。三長老各舉兵刃相架。向問天攻這三招，只是阻止他們出手救援鮑大楚，三招一過，鮑大楚已全在任我行掌握之中。

任我行微笑道：「我的吸星大法尚未施展，你想不想嘗嘗滋味？」

鮑大楚在這一瞬之間，已知若不投降，便送了性命，除此之外更無第三條路好走。他決斷也是極快，說道：「任教主，我鮑大楚自今而後，效忠於你。」任我行道：「當年你曾立誓向我效忠，何以後來反悔？」鮑大楚道：「求任教主准許屬下戴罪圖功，將功贖罪。」任我行道：「好，吃了這顆丸藥。」放開他手腕，伸手入懷，取出一個瓷瓶，倒出一枚火紅色的藥丸，向鮑大楚拋去。鮑大楚一把抓過，看也不看，便吞入了腹中。

秦偉邦失聲道：「這……這是『三尸腦神丹』？」

任我行點點頭，說道：「不錯，這正是『三尸腦神丹』！」又從瓷瓶中倒出六粒「三尸腦神丹」，隨手往桌上擲去，六顆火紅色的丹丸在桌上滴溜溜轉個不停，道：「你們知道這『三尸腦神丹』的厲害嗎？」

鮑大楚道：「服了教主的腦神丹後，便當死心塌地，永遠聽從教主驅使，否則丹中所藏尸蟲便由僵伏而活動，鑽而入腦，咬嚙腦髓，痛楚固不必說，更且行事狂妄顛倒，比瘋狗尚且不如。」任我行道：「你說得甚是。你既知我這腦神丹的靈效，卻何以大膽吞服？」鮑大楚道：「屬下自今而後，永遠對教主忠心不二，這腦神丹便再厲害，也跟屬下並不相干。」

任我行哈哈一笑，說道：「很好，很好。這裏的藥丸那一個願服？」

黃鍾公和禿筆翁、丹青生面面相覷，都是臉色大變。他們與秦偉邦等久在魔教，早知這「三尸腦神丹」中藏有尸蟲，平時並不發作，一無異狀，但若到了每年端午節的午時不服剋制尸蟲的藥物，原來的藥性一過，尸蟲脫伏而出。一經入腦，其人行動如妖如鬼，再也不可以常理測度，理性一失，連父母妻子也會咬來吃了。當世毒物，無逾於此。再者，不同藥主所煉丹藥，藥性各不相同，東方教主的解藥，解不了任我行所製丹藥之毒。

衆人正驚惶躊躇間，黑白子忽然大聲道：「教主慈悲，屬下先服一枚。」說著掙扎著走到桌邊，伸手去取丹藥。

任我行袍袖輕輕一拂，黑白子立足不定，仰天一交摔了出去，砰的一聲，腦袋重重撞在牆上。任我行冷笑道：「你功力已失，廢人一個，沒的糟蹋了我的靈丹。」轉頭說道：「秦偉邦、王誠、桑三娘，你們不願服我這靈藥，是不是？」

那中年婦人桑三娘躬身道：「屬下誓願自今而後，向教主效忠，永無貳心。」那矮胖老者王誠道：「屬下謹供教主驅策。」兩人走到桌邊，各取一枚丸藥吞入腹中。他二人對任我行向來十分忌憚，眼見他脫困復出，已嚇得心膽俱裂，積威之下，再也不敢反抗。雖然東方教主也有自製丹藥，逼他們服了之後受到控制，不敢稍起異心，但火燒眉毛，且顧眼下，日後如何爲患作祟，也只有到時再說了。

那秦偉邦是從中級頭目升上來的，任我行掌教之時，他在江西管轄數縣之地，還沒資格領教過這位前任教主的厲害手段，叫道：「少陪了！」雙足一點，向牆洞竄出。

任我行哈哈一笑，也不起身阻攔。待他身子已縱出洞外，向問天左手輕揮，袖中倏地竄出一條黑色細長軟鞭，衆人眼前一花，只聽得秦偉邦「啊」的一聲叫，長鞭從牆洞中縮轉，已然捲住他左足，倒拖了回來。這長鞭鞭身極細，還沒一根小指頭粗，但秦偉邦給捲住了左足足踝，不住在地下翻滾，竟沒法起立。

任我行道：「桑三娘，你取一枚腦神丹，將外皮小心剝去了。」桑三娘應道：「是！」從桌上拿了一枚丹藥，用指甲將外面一層紅色藥殼剝了下來，露出裏面灰色的一枚小圓球。任我行道：「餵他吃了。」桑三娘道：「是！」走到秦偉邦身前，叫道：「張口！」

秦偉邦一轉身，呼的一掌，向桑三娘劈去。他本身武功雖較桑三娘略遜，但相去也不甚遠，可是足踝給長鞭捲住了，穴道受制，手上已無多大勁力。桑三娘左足踢他手腕，右足飛起，啪的一聲，踢中胸口，左足鴛鴦連環，跟著在他肩頭踢了一腳，接連三腳，踢中了三處穴道，左手捏住他臉頰，右手便將那枚脫殼藥丸塞入他口中，右手隨即在他喉頭一捏，咕的一聲響，秦偉邦已將藥丸吞入肚中。

令狐冲聽了鮑大楚之言，知「三尸腦神丹」中藏有僵伏的尸蟲，全仗藥物剋制，桑三娘所剝去的紅色藥殼，想必是剋制尸蟲的藥物，又見桑三娘這幾下手腳兔起鶻落，乾淨利落，倒似平日習練有素，專門逼人服藥，心想：「這婆娘手腳伶俐得緊！」他不知桑三娘擅於短打擒拿功夫，此刻歸附任我行，自是抖擻精神，施展生平絕技，既賣弄手段，又是向教主表示效忠。

任我行微微一笑，點了點頭。桑三娘站起身來，神色不動，恭恭敬敬的站在一旁。任我行目光向黃鍾公等三人瞧去，顯是問他們服是不服。

禿筆翁一言不發，走過去取過一粒丹藥服下。丹青生口中喃喃自語，不知在說些甚麼，終於也過去取了一粒丹藥吃了。

黃鍾公臉色慘然，從懷中取出一本册子，正是那〈廣陵散〉琴譜，走到令狐冲身前，說道：「尊駕武功固高，智謀又富，設此巧計將這任我行救了出去，嘿嘿，在下佩服得緊。這本琴譜害得我四兄弟身敗名裂，原物奉還。」說著舉手一擲，將琴譜投入了令狐冲懷中。

令狐冲一怔之際，只見他轉過身去，走向牆邊，心下不禁頗爲歉仄，尋思：「相救這位任教主，全是向大哥的計謀，事先我可半點不知。但黃鍾公他們心中恨我，也是情理之常，我可沒法分辯了。」

黃鍾公轉過身來，靠牆而立，說道：「我四兄弟身入日月神教，本意是在江湖上行俠仗義，好好作一番事業。但任教主性子暴躁，威福自用，我四兄弟早萌退志。東方教主接任之後，寵信奸佞，鋤除教中老兄弟。我四人更加心灰意懶，討此差使，一來得以遠離黑木崖，不必與人勾心鬥角，二來閒居西湖，琴書遣懷。十二年來，清福也已享得夠了。人生於世，憂多樂少，本就如此……」說到這裏，輕哼一聲，身子慢慢軟垂下去。

禿筆翁和丹青生齊叫：「大哥！」搶過去將他扶起，只見他心口插了一柄匕首，雙目圓睜，卻已氣絕。禿筆翁和丹青生連叫：「大哥，大哥！」哭了出來。

王誠喝道：「這老兒不遵教主令旨，畏罪自盡，須當罪加一等。你們兩個傢伙又吵些甚麼？」丹青生滿臉怒容，轉過身來，便欲向王誠撲將過去，和他拚命。王誠道：「怎樣？你想造反麼？」丹青生想起已然服了三尸腦神丹，此後不得稍有違抗任我行的意旨，一股怒氣登時消了，只得低頭拭淚。

原本倒在一旁的秦偉邦突然發出一聲嘶叫，圓睜雙目，對著任我行吼道：「我跟你拚了！」但他穴道受點，又怎掙扎得起身？只見他肌肉扭曲，呼呼喘氣，顯得極爲痛苦。向問天走上前去，重重一腳，將他踢死。

任我行道：「把屍首和這廢人都攆了出去，取酒菜來，今日我和向兄弟、令狐兄弟要共謀一醉。」禿筆翁和丹青生齊道：「是！」抱了黃鍾公和秦偉邦的屍身，以及軟癱在地的黑白子出去。

跟著便有家丁上來擺陳杯筷，共設了六個座位。鮑大楚道：「擺三副杯筷！咱們怎配和教主共席？」一面幫著收拾。任我行道：「你們也辛苦了，且到外面喝一杯去。」鮑大楚、王誠、桑三娘一齊躬身，道：「謝教主恩典。」慢慢退出。

令狐冲見黃鍾公自盡，心想此人倒是個義烈漢子，想起那日他要修書薦自己去見少林寺方證大師，求他治病，對己也是一番好意，不由得有些傷感。

向問天笑道：「兄弟，你怎地機緣巧合，學到了教主的吸星大法？這件事倒要你說來聽聽。」令狐冲便將如何自行修習，如何無意中練成等情一一說了。向問天笑道：「恭喜，恭喜，這種種機緣，缺一不成。做哥哥的好生爲你歡喜。」說著舉起酒杯，一口乾了。任我行和令狐冲也都舉杯乾了。

任我行笑道：「此事說來也是險極。我當初在那鐵板上刻這套練功秘訣，雖是在黑獄中悶得很了，聊以自遣，卻未必存著甚麼好心。神功秘訣固然是眞，但若非我親加指點，助其散功，依法修習者非走火入魔不可，能避過此劫者千中無一。練這神功，有兩大難關。第一步是要散去全身內力，使得丹田中一無所有，只要散得不盡，或行錯了穴道，立時便會走火入魔，輕則全身癱瘓，從此成了廢人，重則經脈逆轉，七孔流血而亡。這門功夫創成已達數百年，但得獲傳授的固已稀有，幸而能練成的更寥寥無幾，實因散功這一步太過艱難之故。令狐兄弟卻佔了極大的便宜，你內力本已全失，原無所有，要散便散，不費半點力氣，於旁人最艱難最凶險的一步，在你竟不知不覺間便邁過去了。散功之後，又須吸取旁人的內力，貯入自己丹田，再依法驅入奇經八脈以供己用。這一步本來也甚艱難，自己內力已然散盡，再要吸取旁人內力，豈不是以卵擊石，徒然送命？令狐兄弟卻又有巧遇，聽向兄弟說，你身上早已有幾名高手所注的八道異種眞氣，雖只各人的一部分，亦已極爲厲害。令狐兄弟，你居然輕輕易易的渡此兩大難關，練成大法，也眞是天意了。」

令狐冲手心中揑了把冷汗，說道：「幸好我內力全失，否則當眞不堪設想。向大哥，任敎主到底怎生脫困，兄弟至今仍不明所以。」

向問天笑嘻嘻的從懷中取出一物，塞在令狐冲手中，道：「這是甚麼？」令狐冲覺得入手之物是一枚堅硬的圓球，正是那日他要自己拿去交給任我行的，攤開手掌，見是一枚鋼球，球上嵌有一粒小小鋼珠。令狐冲一撥鋼珠，那鋼珠輕輕轉得幾轉，便拉了一條極細的鋼絲出來。這鋼絲一端連在鋼球之上，鋼絲上都是鋸齒，正是一把打造得精巧之極的鋼絲鋸子。令狐冲恍然大悟，道：「原來教主手足上的銬鐐，是用此物鋸斷的。」

任我行笑道：「我在幾聲大笑之中運上了內力，將你們五人盡皆震倒，隨即鋸斷銬鐐。你後來怎樣對付黑白子，當時我便怎樣對付你了。」令狐冲笑道：「原來你跟我換了衣衫，將銬鐐套在我手足之上，難怪黃鍾公等都沒察覺。」向問天道：「本來此事也不易瞞得過黃鍾公和黑白子，但他們醒轉之後，教主和我早已出了梅莊。黑白子他們見到我留下的棋譜書畫，各人神魂顛倒，歡喜得緊，又那裏會疑心到獄中人已掉了包。」

令狐冲道：「大哥神機妙算，人所難及。」心想：「原來你一切早已安排妥當，投這四人所好，引其入彀。但教主脫困已久，卻何以遲遲不來救我？」

向問天鑒貌辨色，猜到了他心意，笑道：「兄弟，教主脫困之後，有許多大事要辦，可不能讓對頭得知，只好委屈你在西湖底下多住幾天，咱們今日便是救你來啦。好在你因禍得福，練成了不世神功，總算有了補償。哈哈哈，做哥哥的給你賠不是了。」說著在三人酒杯中都斟滿了酒，自己一口喝乾。任我行哈哈大笑，道：「我也陪一杯。」

令狐冲笑道：「賠甚麼不是？我得多謝兩位才是。我本來身受內傷，沒法醫治，練了教主的神功後，內傷竟霍然而愈，得回了一條性命。」三人縱聲大笑，甚是高興。

向問天道：「十二年之前，教主離奇失蹤，東方不敗篡位。我知事出蹊蹺，只有隱忍，與東方不敗敷衍。直到最近，才探知了教主被囚的所在，便即來助教主脫困。豈知我一下黑木崖，東方不敗那廝便派出大隊人馬來追殺我，又遇上正教中一批混帳王八蛋擠在一起趕熱鬧。兄弟，那日兩派的王八蛋追殺你我之時，在山道上你說了內功盡失的緣由，我當時便想，要散去你體內的諸般異種眞氣，當世惟教主的『吸星大法』。教主脫困之後，我便會求他老人家傳你這項神功，救你性命，想不到不用我出口懇求，教主已自傳你了。」三人又一起乾杯大笑。

令狐冲心想：「向大哥去救任教主，固然是利用了我，卻也確是存了救我性命之心。他當日曾說要辦一件大事，坦言是要利用我，要委屈我多時，當時我一口答允，爲此坐牢，無可抱怨。何況我若不是在這件事上出了大力，那『吸星大法』何等神妙，任教主又怎肯輕易便即傳給我這毫不相干的外人？」不禁對向問天好生感激，轉頭問道：「任教主，你這門神功出神入化，任誰都難以猜度，來歷如何，尙請指教。」

任我行喝了一口酒，說道：「我這門神功，始創者是北宋年間的『逍遙派』，後來分爲『北冥神功』和『化功大法』兩門（作者按：請參閱《天龍八部》）。修習北冥神功的是大理段氏。那位段皇爺初覺將別人畢生修習的功力吸了過來作爲己用，似乎不合正道，不肯修習。後來讀了逍遙派一位前輩高人的遺書，才明白了這門神功的至理。那遺書中說道：不論好人壞人，學武功便是要傷人殺人。武功本身無所謂善惡，用之爲善即善，用之爲惡即惡，拳腳兵刃都是一般。同一招『黑虎偷心』，打死了惡人那是好招，打死了好人便是惡招。寶刀寶劍用來殺了好人，那是壞刀壞劍，用來殺了奸人，那是好刀好劍。令狐兄弟，你說是不是啊？」令狐冲點頭道：「任教主宏論，精闢之極。」

任我行道：「那不是我的宏論，我不過複述北宋年間那位先輩的遺言而已。有人掄刀使劍殺傷善人良民，咱們就當把他手中的刀劍奪了過來，令他手中沒了兵刃，此事乃是爲善。壞人內力越強，作惡越厲害，將他的內功吸個乾淨，便是廢了他用以作惡的本領，猶似奪了他的寶刀利劍。逍遙派的傳人有善有惡，大理段氏卻志在爲善，只要所吸的是奸人惡人的內力，那就不錯。少林神拳、武當長拳，是污穢功夫嗎？一樣能用以傷人殺人，只不過千百年來他們不用這拳法去濫傷無辜而已。」他爲了要收服令狐冲，言語之中，將「吸星大法」說成具有大篇道理。

任我行又道：「哈哈！其實人家來打我，便是敵人，管他是好人壞人，老子便吸他媽的內力，以其內功爲我所用，何樂不爲？逍遙派的前輩言道，百川匯海，是百川自行流入大海，並不是大海去強搶百川之水，這話再對也沒有了。敵人不以內力來打我，我便吸他不到，『北冥神功』立意人不犯我，我不犯人。但那『化功大法』卻不同了。創始者本出於逍遙派，但因他不得師門眞傳，不明散功吸功的道理，便將他常使的下毒法門用之於這神功，敵人中毒之後，經脈受損，內力散失，似乎爲對方所吸去。我這『吸星大法』源於『北冥神功』正宗，並非下毒，這中間的分別，你可須仔細了。」

令狐冲一直心中嘀咕，自覺吸人內力頗有不當，聽了任我行這番講論，心想：「人不犯我，我不犯人。我不去立意害人，但若有人想來殺我害我，那麼我吸他內力，自衛保命，也不能說是惡事。不過人家辛辛苦苦練成的內功，我吸了它來作爲己用，跟任意取人錢財也相差不遠。」

又飮得十幾杯酒後，令狐冲覺這位任敎主談吐豪邁，識見非凡，不由得大爲心折，先前見他對付秦偉邦和黑白子，手段未免過於毒辣，但聽他談論了一會後，頗信英雄處事，有不能以常理測度者，心中本來所存的不平之意逐漸淡去。

任我行道：「令狐兄弟，我對待敵人，出手極狠，御下又是極嚴，你或許不大看得慣。但你想想，我在西湖湖底的黑牢中關了多久？你在牢中躭過，知道這些日子的滋味。人家待我如何？對於敵人叛徒，難道能心慈麼？」

令狐冲點頭稱是，忽然想起一事，站起身來，說道：「我有一事相求敎主，盼敎主能夠允可。」任我行道：「甚麼事？」令狐冲道：「我當日在地牢初見敎主，曾聽黃鍾公言道，敎主倘若脫困，重入江湖，單是華山一派，少說便會死去一大半人。又聽敎主言道，他日見到我師父，要令他大大難堪。教主功力通神，倘欲和華山派為難，沒人能夠抵擋……」

任我行道：「我聽向兄弟說，你師父已傳言天下，將你逐出了華山派門牆。我去將他們大大折辱一番，索性就此滅了華山一派，將之在武林中除名，為你出一口惡氣。」

令狐冲搖頭道：「在下自幼父母雙亡，蒙恩師、師娘收入門下，撫養長大，名雖師徒，情同父子。師父將我逐出門牆，一來確是我的不是，二來只怕也有些誤會。在下可萬萬不敢怨怪恩師。」任我行微笑道：「原來岳不羣對你無情，你倒不肯對他不義？」

令狐冲道：「在下想求懇教主的，便是請你寬宏大量，別跟我師父、師娘，以及華山派的師弟、師妹們為難。」任我行沉吟道：「我得脫黑牢，你出力甚大，但我傳了你吸星大法，救了你命，兩者已然相抵，誰也不虧負誰。我重入江湖，未了的恩怨大事甚多，可不能對你許下甚麼諾言，以後行事未免縛手縛腳。」

令狐冲聽他這麼說，竟是非和岳不羣為難不可，不由得焦急之情，見於顏色。

任我行哈哈一笑，說道：「小兄弟，你且坐下。今日我在世上，只有向兄弟和你二人，才是眞正親信之人，你有事求我，總也有個商量處。這樣罷，你先答允我一件事，我也就答允你，今後見到華山派中師徒，只要他們不是對我不敬，我便不去惹他。縱然要教訓他們，也當瞧在你面上，手下留情三分。你說如何？」

令狐冲大喜，躬身道：「如此感激不盡。教主有何囑咐，在下無有不遵。」

任我行道：「我和你二人結爲金蘭兄弟，今後有福同享，有難同當。向兄弟爲日月神教的光明左使，你便爲我教的光明右使。你意下如何？」

令狐冲一聽，登時愕然，萬沒料到他要自己加入魔教。他自幼便聽師父和師娘說及魔教的種種奸邪惡毒事跡，自己雖遭逐出門牆，只盼閒雲野鶴，在江湖上做個無門無派的散人，要自己身入魔教，卻是萬萬不能，一時間心中亂成一團，難以回答。

任我行和向問天兩對眼睛凝視著他，霎時之間，室中更無半點聲息。

過了好一會，令狐冲才道：「教主美意，想我令狐冲乃末學後進，如何敢和教主比肩稱兄道弟？再說，在下雖已不屬華山一派，仍盼師父能回心轉意，收回成命……」

任我行淡淡一笑，說道：「你叫我教主，其實我此刻雖得脫牢籠，仍然性命朝不保夕，『教主』二字，也不過說來好聽而已。今日普天之下，人人都知日月神教的教主乃東方不敗。此人武功之高，決不在我之下，權謀智計，更遠勝於我。他麾下人才濟濟，憑我和向兄弟二人，要想從他手中奪回教主之位，確是以卵擊石、痴心妄想之舉。你不願和我結爲兄弟，原是明哲保身的美事。來來來，咱們杯酒言歡，這話再也休提了。」

令狐冲道：「教主的權位如何給東方不敗奪去，又如何給囚在黑牢之中，種種情事，在下全然不明，不知兩位能賜告否？」

任我行搖了搖頭，淒然一笑，說道：「湖底一居，一十二年，甚麼名利權位，本該瞧得淡了。嘿嘿，偏偏年紀越老，越是心熱。」他滿滿斟了一杯酒，一口乾了，哈哈一聲長笑，笑聲中卻滿是蒼涼之意。

向問天道：「兄弟，那日東方不敗派出多人追我，手段之辣，你是親眼見到的了。若不是你仗義出手，我早已在那涼亭中給他們砍爲肉醬。你心中尚有正派魔教之分，可是那日他們數百人聯手，圍殺你我二人，那裏還分甚麼正派，甚麼魔教？其實事在人爲，正派中固有好人，何嘗沒有卑鄙奸惡之徒？魔教中壞人確是不少，但等咱們三人掌了大權，好好整頓一番，將那些作惡多端的敗類給清除了，豈不教江湖上豪傑之士揚眉吐氣？」

令狐冲點頭道：「大哥這話，說得甚是。」

向問天道：「想當年教主對待東方不敗猶如手足一般，提拔他爲教中的光明左使，教中一應大權都交了給他。其時教主潛心修習這吸星大法，要將其中若干小小的缺陷都糾正過來，教中日常事務便無暇多管。不料那東方不敗狼子野心，面子上對教主十分恭敬，甚麼事都不違背，暗中卻培植一己勢力，假借諸般藉口，將所有忠於教主的部屬或撤或革、或逕行處死，數年之間，教主的親信凋零殆盡。教主是忠厚至誠之人，見東方不敗處處恭謹小心，而本教在他手中也算一切井井有條，始終沒加懷疑。」

任我行嘆了口氣，說道：「向兄弟，這件事我實在好生慚愧。你曾對我進了數次忠言，叫我提防。可是我對東方不敗信任太過，忠言逆耳，反怪你對他心懷嫉忌，責你挑撥離間，多生是非。以至你一怒而去，高飛遠走，從此不再見面。」

向問天道：「屬下決不敢對教主有何怨怪之意，只是見情勢不對，那東方不敗部署周密，發難在即，屬下若隨侍教主身側，非先遭了他毒手不可。雖然爲本教殉難，份所當爲，但屬下思前想後，總覺還是先行避開爲是。如教主能洞燭他的奸心，令他逆謀不逞，自是上上大吉，否則屬下身在外地，至少也能讓他心有所忌，不敢太過放肆。」

任我行點頭道：「是啊，可是我當時怎知道你的苦心？見你不辭而別，心下大是惱怒，其時練功正當緊要關頭，還險些出了亂子。那東方不敗卻來大獻殷勤，勸我不可煩惱。這一來，我更加中了他的奸計，竟將本教的秘籍《葵花寶典》傳了給他。」

令狐冲聽到《葵花寶典》四字，不禁「啊」了一聲。

向問天道：「兄弟，你也知道《葵花寶典》麼？」令狐冲道：「我曾聽師父說起過這部寶典的名字，知是博大精深的武學秘笈，卻不知曾在教主手中。」

任我行道：「多年以來，《葵花寶典》一直是日月神教的鎮教之寶，歷來均是上代教主傳給下一代教主。其時我修習吸星大法廢寢忘食，甚麼事都不放在心上，便想將教主之位傳給東方不敗。將《葵花寶典》傳給他，原是向他表明淸楚：不久之後，我便會以教主之位相授。唉，東方不敗是個聰明人，這教主之位明明已交在他手裏，他爲甚麼這樣心急，不肯等到我正式召開總壇，正式公布於衆？卻偏偏要幹這叛逆篡位之事？」他皺起了眉頭，似乎直到此刻，對這件事仍弄不明白。

向問天道：「他一來是等不及，不知教主到何時才正式相傳；二來是不放心，只怕突然之間，大事有變。」

任我行道：「其實他一切已部署妥當，又怕甚麼突然之間大事有變？當眞令人好生難以索解。我在黑牢中靜心思索，對他的種種奸謀已一一想得明白，只是他何以迫不及待的忽然發難，至今仍想他不通。本來嘛，他對你頗有所忌，怕我說不定會將教主之位傳了給你。但你既不別而行，已去了他眼中之釘，儘管慢慢的等下去好了。」

向問天道：「東方不敗發難那一年，端午節晚上大宴，小姐在席上說了一句話，教主還記得麼？」任我行搔了搔頭，道：「端午節？那小姑娘說過甚麼話啊？那有甚麼干係？我可全不記得了。」

向問天道：「教主別說小姐是小孩子。她聰明伶俐，心思之巧，實不輸於大人。那年小姐是七歲罷？她在席上點點人數，忽然問你：『爹爹，怎麼咱們每年端午節喝酒，一年總是少一個人？』你一怔，問道：『甚麼一年少一個人？』小姐說道：『我記得去年有十一個人，前年有十二個。今年一、二、三、四、五……咱們只賸下了十個。』」

任我行嘆了口氣，道：「是啊，當時我聽了小姑娘這句話，心下甚是不快。早一年東方不敗處決了郝賢弟。再早一年，丘長老不明不白的死在甘肅，此刻想來，自也是東方不敗暗中安排的毒計了。再先一年，文長老遭革出教，受嵩山、泰山、衡山三派高手圍攻而死，此事起禍，自也是在東方不敗身上。唉，小姑娘無意中吐露眞言，當時我猶在夢中，竟自不悟。」

他頓了一頓，喝了口酒，又道：「這門『吸星大法』，原是繼承了北宋年間的『北冥神功』，只是學者不得其法，其中頗有缺陷。其時我修習吸星大法已在十年以上，在江湖上這神功大法也大有聲名，正派中人聞者無不喪膽。可是我卻知這神功之中實有幾個重大缺陷，初時不覺，其後禍患卻慢慢顯露出來。那幾年中我已深明其患，心知若不及早補救，終有一日會得毒火焚身。他人功力既是吸取而來，終非己有，會突然反噬作怪，吸來的功力愈多，反撲之力愈大。」

令狐冲聽到這裏，心下隱隱覺得有一件大事十分不妥。

任我行又道：「那時我身上已積聚了十餘名正邪高手的功力。但這十餘名高手分屬不同門派，所練功力各不相同。我須得設法將之融合爲一，以爲己用，否則總是心腹大患。那幾年中，我日思夜想，所掛心的便是這件事。那日端午節大宴席上，我雖在飲酒談笑，心中卻兀自在推算陽蹻二十二穴和陽維三十二穴，在這五十四個穴道之間，如何使內息遊走自如，既可自陽蹻入陽維，亦可自陽維入陽蹻。因此小姑娘那幾句話，我聽了當時心下雖然不快，但片刻間便也忘了。」

向問天道：「屬下也一直奇怪。教主向來機警萬分，別人只須說得半句話，立時便知他心意，十拿九穩，從不失誤。可是在那幾年中，不但對東方不敗的奸謀全不察覺，而且日常……日常……咳……」任我行微笑道：「而且日常渾渾噩噩，神不守舍，一副心不在焉的模樣，是也不是？」

向問天道：「是啊。小姐說了那幾句話後，東方不敗哈哈一笑，道：『小姐，你愛熱鬧，是不？明年咱們多邀幾個人來一起喝酒便是。』他說話時滿臉堆歡，可是我從他眼光之中，卻看出滿是疑慮之色。他必定猜想，教主早已胸有成竹，眼前只不過假痴假呆，試他一試。他素知教主精明，料想對這樣明顯的事，決不會不起疑心。」

任我行皺起眉頭，說道：「小姑娘那日在端午節大宴中說過這幾句話，這十二年來，我卻從來沒記起過。此刻經你一提，我才記得確有此言。不錯，東方不敗聽了那幾句話，焉不大起疑心？」向問天道：「再說，小姐一天天長大，越來越聰明，便在一二年間，只怕便會給她識破機關。等她成長之後，教主又或許會將大位傳她。東方不敗所以不敢多等，寧可冒險發難，其理或在於此。」

任我行連連點頭，嘆了口氣，道：「唉，此刻我女兒若在我身邊，咱們多了一人，也不致如此勢孤力弱了。」

向問天轉過頭來，向令狐冲道：「兄弟，教主適才言道，他這吸星大法之中，不免有重大缺陷。以我所知，教主雖在黑牢中被囚十二年，大大受了委屈，可是由此脫卻俗務羈絆，潛心思索，已解破了這神功中的秘奧。教主，是也不是？」

任我行摸摸濃密的黑鬚，哈哈一笑，極是得意，說道：「正是。從此而後，吸到別人的功力，盡爲我用，再也不用躭心這些異種眞氣突然反撲了。哈哈！令狐兄弟，你深深吸一口氣，是否覺得玉枕穴和膻中穴中有眞氣鼓盪，猛然竄動？」

令狐冲依言吸了口氣，果覺玉枕穴和膻中穴兩處有眞氣隱隱流竄，不由得臉色微變。

任我行道：「你不過初學乍練，還不怎麼覺得。可是當年我尚未解破這秘奧之時，這兩處穴道中眞氣鼓盪，當眞是天翻地覆，實難忍受。外面雖靜悄悄地一無聲息，我耳中卻滿是萬馬奔騰之聲，有時又似一個個焦雷連續擊打，轟轟發發，一個響似一個。唉，若不是我體內有如此重大變故，那東方不敗的逆謀焉能得逞？」

令狐冲知他所言不虛，又知向問天對他說這番話，用意是要自己向他求教，但若自己不允加入日月神教，求教之言自是說不出口，心想：「練他這吸星大法，是要吸取旁人功力以爲己用。這功夫自私陰毒，我若非受攻被逼，決計不使。至於我體內異種眞氣沒法化除，本來便已如此，我這條性命原是撿來的。令狐冲豈能貪生怕死，便去做大違素願之事？」當下轉過話題，說道：「教主，在下有一事不明，還想請教。在下曾聽師父言道，那《葵花寶典》是武學中至高無上的秘笈，練成了寶典中的武學，固然無敵於天下，而且長生延年，壽過百歲。教主何以不練那寶典中的武功，卻去練那甚爲凶險的吸星大法？」

任我行淡淡一笑，道：「此中原由，便不足爲外人道了。」

令狐冲臉上一紅，道：「是，在下冒昧了。」

向問天道：「兄弟，教主年事已高，你大哥也比他老人家小不了幾歲。你若入了本教，他日教主的繼承人非你莫屬。就算你嫌日月神教的聲名不好，難道不能在你手中力加整頓，爲天下人造福麼？」

令狐冲聽他這番話入情入理，微覺心動，只見任我行左手拿過酒杯，重重在桌上一放，右手提起酒壺，斟滿了一杯酒，說道：「數百年來，我日月神教和正教諸派爲仇，向來勢不兩立。你如固執己見，不入我教，自己內傷難愈，性命不保，固不必說，只怕你師父、師娘的華山派……嘿嘿，我要使華山派師徒盡數覆滅，華山一派從此在武林中除名，卻也不是甚麼難事。你我今日在此相聚，大是有緣，你若聽我良言相勸，便請乾了此杯，萬事都可商量。」

這番話充滿了威脅之意，令狐冲胸口熱血上湧，朗聲說道：「教主，大哥，我本就身患絕症，命在旦夕，無意中卻學得了教主的神功大法，此後如沒法化解，也不過回復舊狀而已，那也沒甚麼。我於自己這條性命早已不怎麼看重，生死有命，且由他去。華山派開派數百年，當有自存之道，未必別人一舉手間便能予以覆滅。今日言盡於此，後會有期！」說著站起身來，向二人躬身爲禮，轉身便走。

向問天欲待再有話說，令狐冲早去得遠了。

令狐冲出得梅莊，重重吁了口氣，拂體涼風，適意暢懷，一抬頭，只見一鉤殘月斜掛柳梢，遠處湖水中映出月亮和浮雲的倒影。

走到湖邊，悄立片刻，心想：「任教主眼前的大事當是去向東方不敗算帳，奪回教主之位，自不會去尋華山派的晦氣。但若師父、師娘、師弟妹們不知內情，撞上了他，那可非遭毒手不可。須得儘早告知，好讓他們有所防備。卻不知他們從福州回來了沒有？這裏去福州不遠，左右無事，我就去福建走一趟。倘若他們已動身回來，在途中或能遇上。」

隨即想到師父傳書武林，將自己逐出了師門，胸口不禁又是一酸，又想：「我將任教主逼我入教之事，向師父、師娘稟明。他們當能明白，我並非有意和魔教中人結交。說不定師父能收回成命，只罰我去思過崖上面壁三年，那便好了。」一想到重入師門有望，精神爲之一振，當下去找了家客店歇宿。

這一覺睡到午時方醒，心想在見到師父、師娘之前，別要顯了自己本來面目，何況盈盈曾叫祖千秋他們傳言江湖，要取自己性命，還是喬裝改扮，免惹痲煩。卻扮作甚麼樣子才好？心下沉吟，從房中踱了出來，剛走進天井，突然間豁喇一聲，一盆水向他身上潑將過來。令狐冲立時倒縱避開，那盆水便潑了個空。只見一個軍官手中正捧著一隻木臉盆，向著他怒目而視，粗聲道：「走路也不帶眼睛？你不見老爺在倒水嗎？」

令狐冲氣往上衝，心想天下竟有這等橫蠻之人，見這軍官四十來歲年紀，滿腮虬髯，倒也頗爲威武，一身服色，似是個校尉，腰中掛了把腰刀，挺胸凸肚，顯是平素作威作福慣了的。那軍官喝道：「還瞧甚麼？不認得老爺麼？」

令狐冲靈機一動：「扮成這個軍官，倒也有趣。我大模大樣的在江湖上走動，武林中朋友誰也不會來向我多瞧一眼。」那軍官喝道：「笑甚麼？你奶奶的，有甚麼好笑？」原來令狐冲想到得意處，臉上不禁露出微笑。

令狐冲走到櫃台前付了房飯錢，低聲問道：「那位軍爺是甚麼來頭？」那掌櫃的愁眉苦臉的道：「誰知他是甚麼來頭？他自稱是北京城來的，只住了一晚，服侍他的店小二倒已吃了他三記耳光。好酒好肉叫了不少，也不知給不給房飯錢呢。」

令狐冲點了點頭，走到附近一家茶館中，泡了壺茶，慢慢喝著等候。

等了半個時辰，只聽得馬蹄聲響，那軍官騎了匹棗紅馬，從客店中出來，馬鞭揮得啪啪作響，大聲吆喝：「讓開，讓開，你奶奶的，還不快走！」幾個行人讓得稍慢，給他馬鞭抽去，呼痛聲不絕。

令狐冲早已付了茶錢，站起身來，快步跟在馬後。他內力充沛，腳步疾逾奔馬，見那軍官出了西門，向西南大路上馳去，便緊緊跟隨。奔得數里，路上行人漸稀。令狐冲加快腳步，搶到馬前，右手一揚。那馬吃了一驚，噓溜溜一聲叫，人立起來，那軍官險些掉下馬來。令狐冲喝道：「你奶奶的，走路不帶眼睛麼？你這畜生險些踹死了老子！」他不開口，那軍官已然大怒，這三聲一罵，那軍官自更怒不可遏，待那馬前足落地，唰的一鞭，便向令狐冲頭上抽落。

令狐冲見大道上不便行事，叫聲：「啊喲！」一個踉蹌，抱頭便向小路上逃去。那軍官怎肯就此罷休，躍下馬來，匆匆將馬韁繫在樹上，狂奔追來。令狐冲叫道：「啊喲，我的媽啊！」逃入樹林。那軍官大叫大嚷的追來，突然間脅下一麻，咕咚一聲，栽倒在地。

令狐冲左足踏住他胸口，笑道：「你奶奶的，本事如此不濟，怎能行軍打仗？」在他懷中一搜，掏了隻大信封出來，上面蓋有「兵部尚書大堂正印」的朱紅大印，寫著「告身」兩個大字。打開信封，抽了一張厚紙出來，卻是兵部的一張委任令，寫明委任河北滄州游擊吳天德升任福建泉州府參將，剋日上任。令狐冲笑道：「原來是位參將大人，你便是吳天德麼？」

那軍官給他踏住了動彈不得，一張臉皮脹得發紫，喝道：「快放我起來，你……你……膽大妄爲，侮辱朝廷命官，不……不怕王法嗎？」嘴裏雖然吆喝，氣勢卻已餒了。

令狐冲笑道：「老子沒了盤纏，要借你的衣服去當一當。」反掌在他頭頂一拍，那軍官登時暈去。

令狐冲迅速剝下他衣服，心想這人如此可惡，教他多受些罪，將他內衣內褲一起剝下，全身赤條條地一絲不掛。一提他包袱重甸甸地，打開一看，竟有好幾百兩銀子，還有三隻金元寶，心想：「這都是這狗官搜刮來的民脂民膏，難以物歸原主，只好讓我吳天德參將大人拿來買酒喝了。」想著不禁好笑，脫去衣衫，將那參將的軍服、皮靴、腰刀、包裹都換到了自己身上，撕爛自己衣衫，將他反手綁了，縛在樹上，再在他口中塞滿了爛泥。轉念一想，回身抽出單刀，將他滿臉虬髯都剃了下來，將剃下的鬍子揣入懷中，笑道：「你變成了小白臉，這可美得多啦！」

走到大路之上，解開繫在樹上的馬韁，縱身上馬，舉鞭一揮，喝道：「讓開，讓開，你奶奶的，走路不帶眼睛嗎？哈哈，哈哈！」長笑聲中，縱馬南馳。

當晚來到餘杭投店，掌櫃的和店小二「軍爺前，軍爺後」的，招呼得極是周到。令狐冲次晨向掌櫃問明了去福建的道路，賞了五錢銀子，掌櫃和店小二恭恭敬敬的直送出店門外。令狐冲心想：「總算你們時運好，遇上了我這位冒牌參將，要是眞參將吳天德前來投宿，你們可有得苦頭吃了。」去店鋪買了面鏡子，一瓶膠水，出城後來到荒僻處，對著鏡子將一根根鬍子膠在臉上。這番細功夫花了幾有一個時辰，黏完後對鏡一照，滿臉虬髯，蓬蓬鬆鬆，著實神氣，不禁哈哈大笑。

一路向南，到金華府、處州府後，南方口音已和中州大異，甚難聽懂。好在人人見他是軍官，都捲起了舌頭跟他說官話。他一生手頭從未有過這許多錢，喝起酒來盡情暢懷，頗爲自得其樂。

只是體內的諸般異種眞氣逼入了自己各處經脈之中，半分也沒驅出體外，時時突然間湧向丹田，令他頭暈眼花，煩惡欲嘔。每當發作，只得依照任我行在鐵板上所刻的法門，將之驅離丹田，散入經脈。只要異種眞氣一離丹田，立即精神奕奕，舒暢無比。如此每練一次，自知功力便深了一層，卻也是陷溺深了一層，好在總是想到：「我這條命是撿來的。多活一日，已多佔了一分便宜。」便即坦然。

這日午後，過了衢州府，已進入仙霞嶺。山道崎嶇，漸行漸高，嶺上人煙稀少。再行出二十餘里後，始終沒見到人家，已知貪著趕路，錯過了宿頭。眼見天色已晚，於是採些野果裹腹。見懸崖下有個小山洞，頗爲乾燥，不致有蟲蟻所擾，便將馬繫在樹上，讓其自行吃草，找些乾草來鋪在洞裏，預備過夜。忽覺丹田中氣血不舒，當即坐下行功。任我行所傳的那神功每多一次修習，便多受一次羈縻，越來越覺滋味無窮。直練了一個更次，但覺全身舒泰，飄飄欲仙，直如身入雲端一般。

他吐了口長氣，站起身來，不由得苦笑，心想：「那日我問任教主，他既有武功絕學《葵花寶典》在手，何以還要練這吸星大法，他不肯置答。此中情由，這時我卻明白了。原來這吸星大法一經修習，便再也無法罷手。」一想到此處，不由得暗暗心驚：「曾聽師娘說過苗人養蠱之事，一養之後，縱然明知其害，也已難以捨棄，若不放蠱害人，蠱蟲便會反噬其主。將來我可別成爲養蠱的苗人才好。」

走出山洞，但見繁星滿天，四下裏蟲聲唧唧，忽聽得山道上有人行來，其時相距尚遠，但他內力既強，耳音便亦及遙，心念一動，當即過去放開了馬韁，在馬臀上輕輕一拍，那馬緩緩走向山坳。

他隱身樹後，過了好一會，聽得山道上腳步聲漸近，人數著實不少，星光下但見一行人均穿黑衣，其中一人腰纏黃帶，瞧裝束是魔教中人，其餘高高矮矮的一共三十餘人，都默不作聲的隨在其後。令狐冲心想：「他們此去向南入閩，莫非和我華山派有關？難道是奉了任教主之命，去跟師父師娘爲難？」待一行人去遠，便悄悄跟隨。

行出數里，山路突然陡峭，兩旁山峯筆立，中間留出一條窄窄的山路，已不能兩人並肩而行。那三十餘人排成一字長蛇，向山道上爬去。令狐冲心道：「我如跟著上去，這些人居高臨下，只須有一人偶一回頭，便見到了我。」於是閃入草叢躲起，要等他們上了高坡，從南坡下去後再追趕上去。那知這行人將到坡頂，突然散開，分別隱在山石之後，頃刻間藏得一個人影也不見了。

令狐冲吃了一驚，第一個念頭是：「他們已見到了我。」但隨即知道不是，尋思：「他們在此埋伏，要襲擊上坡之人。是了，此處地勢絕佳，在此陡然發難，上坡之人勢必難逃毒手。他們要伏擊的是誰？難道師父師娘他們北歸之後，又有急事要回福建？否則怎會連夜趕路？今晚我又能和小師妹相會？」

一想到岳靈珊，登時全身皆熱，悄悄在草叢中爬了開去，直爬到遠離山道，這才從亂石間飛奔下山，轉了幾個彎，回頭已望不見那高坡，再轉到山道上向北而行。

他一路疾走，留神傾聽對面是否有人過來，走出十餘里後，忽聽得左側山坡上有人斥道：「令狐冲這混帳東西，你還要爲他強辯！」

注：今日浙閩間已築有不少隧道穿過仙霞嶺，行人或汽車不必爬山。

儀琳急忙回身，伸手去拉。令狐冲湊手過去，握住了她手。儀琳運勁一提，令狐冲左手在地下連撐，這才站定，神情狼狽不堪。他身後的幾名女弟子忍不住咭咭咯咯的嘻笑。

二三　伏擊

黑夜之中，荒山之上，突然聽到有人清清楚楚的叫出自己姓名，令狐沖不禁大吃一驚，第一個念頭便是：「是師父他們！」但這明明是女子聲音，卻不是師娘，更不是岳靈珊。跟著又聽得一個女子的話聲，只相隔既遠，話聲又低，聽不清說些甚麼。令狐沖向山坡上望去，只見影影綽綽的站著三四十人，心中一酸：「不知是誰在罵我？如果真是華山派一行，小師妹聽別人這般罵我，不知又如何說？」

當即矮身鑽入道旁灌木叢中，繞到那山坡之側，弓腰疾行，來到一株大樹之後，聽得一個女子聲音說道：「師伯，令狐師兄行俠仗義……」只聽得這半句話，腦海中便映出一張俏麗清秀的臉蛋來，胸口微微一熱，知說話之人是恆山派的小尼姑儀琳。他既知這些人是恆山派而不是華山派，不免失望，心神一激動間，儀琳下面兩句話便沒聽見。

只聽先前那尖銳而蒼老的聲音怒道：「你小小年紀，卻恁地固執？難道華山派掌門岳先生的來信是假的？岳先生傳書天下，將令狐冲逐出了門牆，說他與魔教中人勾結，還能冤枉他麼？令狐冲以前救過你，他多半要憑著這一點點小恩小惠，向咱們暗算下手。」

儀琳道：「師伯，那可不是小恩小惠，令狐師兄不顧自己性命……」那蒼老的聲音喝道：「你還叫他令狐師兄？這人多半是個工於心計的惡賊，裝模作樣，欺騙你們小孩子家。江湖上人心鬼蜮，甚麼狡猾伎倆都有。你們年輕人沒見識，便容易上當。」儀琳道：「師伯的吩咐，弟子怎敢不聽？不過……不過……令狐師……」底下這個「兄」字終於沒說出口，硬生生的給忍住了。那老人問道：「不過怎樣？」儀琳似乎甚為害怕，不敢再說下去。

那老人道：「這次嵩山左盟主傳來訊息，魔教大舉入閩，企圖劫奪福州林家的《辟邪劍譜》。左盟主要五嶽劍派一齊設法攔阻，以免給這些妖魔歹徒奪到了劍譜，武功大進，五嶽劍派不免人人死無葬身之地。那福州姓林的孩子已投入岳先生門下，劍譜若為華山派所得，自然再好不過。就怕魔教詭計多端，再加上個華山派舊徒令狐冲，他熟知內情，咱們的處境便十分不利了。掌門人既將這副重擔放在我肩頭，命我率領大夥兒入閩，此事有關正邪雙方氣運消長，萬萬輕忽不得。再過三十里，便是浙閩交界之處。今日大家辛苦些，連夜趕路，到廿八鋪歇宿。咱們趕在頭裏，等魔教人眾大舉趕到之時，咱們便佔了以逸待勞的便宜。但仍須事事小心。」只聽得數十名女子齊聲答應。

令狐冲心想：「這位師太既非恆山派掌門，儀琳師妹又叫她師伯，『恆山三定』，那麼是定靜師太了。她接到我師父傳書，將我當作歹人，那也怪她不得。她只道自己趕在頭裏，殊不知魔教教衆已埋伏在前。幸好給我發覺了，卻怎生去告知她們才好？」

只聽定靜師太道：「一入閩境，須得步步提防，要當四下裏全是敵人。說不定飯店中的店小二，茶館裏的茶博士，都是魔教的奸細。別說隔牆有耳，就是這草叢之中，也難免沒藏著敵人。自今而後，大夥兒決不可提一句《辟邪劍譜》，連岳先生、令狐冲、東方必敗的名頭也不可提。」羣女弟子齊聲應道：「是。」

令狐冲知魔教教主東方不敗神功無敵，自稱不敗，但正教中人提到他時，往往稱之爲「必敗」，一音之轉，含有長自己志氣、滅敵人威風之意，聽她竟將自己的名字和師父及東方不敗相提並論，不禁苦笑，心道：「我這無名小卒，你恆山派前輩竟如此瞧得起，那可不敢當了。」

只聽定靜師太道：「大夥兒這就走罷！」衆弟子又應了一聲，便見七名女弟子從山坡上疾馳而下，過了一會，又有七人奔下。恆山派輕功另有一路，在武林中頗有聲名，前七人、後七人相距都一般遠近，宛似結成陣法一般，十四人大袖飄飄，同步齊進，遠遠望去，美觀之極。再過一會，又有七人奔下。

過不多時，恆山派衆弟子一批批都動身了，一共六批，最後一批卻有八人，想是多了個定靜師太。這些女子不是女尼，便是俗家女弟子，黑夜之中，令狐冲難辨儀琳在那一隊中，心想：「這些恆山派的師姊師妹雖各有絕技，但一上得那陡坡，雙峯夾道，魔教教衆忽施奇襲，勢必傷亡慘重。」

當即摘了些青草，擠出草汁，搽在臉上，再挖些爛泥，在臉上手上塗抹一陣，繞到山道左側，提氣追了上去。他輕功本來並不甚佳，但輕功高低，全繫於內力強弱，他身上既集桃谷六仙、不戒和尚、方生大師、黑白子等衆高手的部分內力，較之當世高手，已然遠勝，此時隨意邁步，都是一步跨出老遠。這一提氣急奔，頃刻間便追上了恆山派衆人。他怕定靜師太武功了得，聽到他奔行的聲息，是以兜了個大圈子，這才趕在衆人頭裏，一上山道後，奔得更加快了。

他來到陡坡之下，站定了靜聽，竟無半點聲息，心想：「若不是我親眼見到魔教教衆埋伏在側，又怎想得到此處危機四伏，凶險無比。」慢慢走上陡坡，來到雙峯夾道處的山口，離魔教教衆埋伏處約有里許，坐了下來，尋思：「魔教中人多半已見到了我，只是他們生怕打草驚蛇，想來不會對我動手。」等了一會，索性臥倒在地。

終於隱隱聽到山坡下傳來了腳步聲，心下轉念：「最好引得魔教教衆來和我動手，只須稍稍打鬥一下，恆山派自然知道了。」於是自言自語：「老子生平最恨的，便是暗箭傷人，有本事的何不眞刀眞槍，狠狠打上一架？躲了起來，鬼鬼祟祟的害人，那是最無恥的卑鄙行逕！」他對著高坡提氣說話，藉著充沛內力遠遠傳送出去，料想魔教人衆定然聽到。豈知這些人眞能沉得住氣，竟毫不理睬。

過不多時，恆山派第一撥七名弟子已到了他身前。

七弟子在月光下見一名軍官伸張四肢，睡在地下。這條山道便只容一人行過，兩旁均是峭壁，若要上坡，非跨過他身子不可。這些弟子只須輕輕一縱，便能躍過他身子，但男女有別，在男人頭頂縱躍而過，未免太過無禮。

一名中年女尼朗聲說道：「勞駕，這位軍爺，請借一借道。」令狐冲唔唔兩聲，忽然間鼾聲大作。那女尼法名儀和，性子卻毫不和氣，見這軍官深更半夜的睡在當道，情狀已極突兀，而這等大聲打鼾，十九是故意做作。她強抑怒氣，說道：「你如不讓開，我們可要從你身上跳過去了。」令狐冲鼾聲不停，迷迷糊糊的道：「這條路上妖魔鬼怪多得緊，可過去不得啊。唔唔，苦海無邊，回……回……回頭是岸！」

儀和一怔，聽他這幾句話似乎意帶雙關。另一名女尼扯了扯她衣袖，七人都退開幾步。一人悄聲道：「師姊，這人有點古怪。」又一人道：「說不定他是魔教奸人，在此向咱們挑戰。」另一人道：「魔教中人決不會去做朝廷軍官，就算喬裝改扮，也當扮作別種裝束。」儀和道：「不管他！他再不讓道，咱們就跳了過去。」邁步上前，喝道：

「你眞的不讓，我們可要得罪了。」

令狐冲伸個懶腰，慢慢坐起。他仍怕給儀琳認了出來，臉向山坡，背脊對著恆山派衆弟子，右手撐在峭壁上，身子搖搖晃晃，似是喝醉了酒一般，說道：「好酒啊，好酒！」

便在此時，恆山派第二撥弟子已然到達。一名俗家弟子問道：「儀和師姊，這人在這裏幹甚麼？」儀和皺眉道：「誰知道他了！」

令狐冲大聲道：「剛才宰了一條狗，吃得肚子發脹，酒又喝得太多，只怕要嘔。啊喲，不好，眞的要嘔！」當下嘔聲不絕。衆女弟子皺眉掩鼻，紛紛退開。令狐冲嘔了幾聲，卻嘔不出甚麼。衆女弟子竊竊私議間，第三撥又已到了。

只聽得一個淸柔的聲音道：「這人喝醉了，怪可憐的，讓他歇一歇，咱們再走不遲。」令狐冲聽到這聲音，心頭微微一震，尋思：「儀琳小師妹心地眞好。」

儀和卻道：「這人故意在此搗亂，並非安著好心！」邁步上前，喝道：「讓開！」伸掌往令狐冲左肩撥去。令狐冲身子連晃，叫道：「啊喲，乖乖不得了！」跌跌撞撞的向上走了幾步。這幾步一走，局勢更加尷尬，他身子塞在窄窄的山道之中，後面來人除非從他頭頂飛躍而過，否則再也沒法超越。

儀和跟著上去，喝道：「讓開了！」令狐冲道：「是，是！」又走上幾步。他越行越高，將上山的道路塞得更死了，突然大聲叫道：「喂，上面埋伏的朋友們留神了，你們要等的人正上來啦。你們這一殺出來，那可誰也逃不了啦！」

儀和等一聽，當即退回。一人道：「此處地勢奇險，倘若敵人在此埋伏襲擊，可難以抵擋。」儀和道：「倘若有人埋伏，他怎會叫了出來？這是虛者實之，實者虛之，上面定然沒人。咱們如顯得畏縮，可讓敵人笑話了。」另兩名中年女尼齊聲道：「是啊！咱三人在前開路，師妹們在後跟來。」三人長劍出鞘，又奔到了令狐冲身後。

令狐冲不住大聲喘氣，說道：「這道山坡可當真陡得緊，唉，老人家年紀大了，走不動啦。」一名女尼喝道：「喂，你讓在一旁，給我們先走行不行？」令狐冲道：「出家人火氣別這麼大，走得快是到，走得慢也是到。咳咳，唉，去鬼門關嗎，還是走得慢些的好。」那女尼道：「你不是繞彎子罵人嗎？」呼的一劍，從儀和身側刺出，指向令狐冲背心。她只是想將令狐冲嚇得讓開，這一劍將刺到他身子，便即凝力不發。

令狐冲恰於此時轉過身來，見劍尖指著自己胸口，大聲喝道：「喂！你……你……你這是幹甚麼來了？我是朝廷命官，你竟敢如此無禮。來人哪，將這尼姑拿了下來！」幾名年輕女弟子忍不住笑出聲來，此人在這荒山野嶺之上，還在硬擺官架子，實是滑稽之至。

一名尼姑笑道：「軍爺，咱們有要緊事，心急趕路，勞你駕往旁邊讓一讓。」令狐冲道：「甚麼軍爺不軍爺？我是堂堂參將，你該當叫我將軍，才合道理。」七八名女弟子齊聲笑著叫道：「將軍大人，請你讓道！」

令狐冲哈哈一笑，挺胸凸肚，神氣十足，突然間腳下一滑，摔跌下來。衆弟子尖聲驚呼：「小心！」便有二人拉住了他手臂。令狐冲又滑了一下，這才站定，罵道：「他奶奶……地下這樣滑。地方官全是飯桶，也不差些民伕，將山道給好好修一修。」

他這麼兩滑一跌，身子已縮在山壁微陷的凹處，恆山女弟子展開輕功，一一從他身旁掠過。有人笑道：「地方官該得派輛八人大轎，把將軍大人抬過嶺去，才是道理。」有人道：「將軍是騎馬不坐轎的。」先一人道：「這位將軍與衆不同，騎馬只怕會摔跌下來。」令狐冲怒道：「胡說八道！我騎馬幾時摔跌過？上個月那該死的畜牲作老虎跳，我才從馬背上滑了一滑，摔傷了膀子，那也算不得甚麼。」衆女弟子一陣大笑，如風般上坡。

令狐冲眼見一個苗條身子一晃，正是儀琳，便跟在她身後。這一來，可又將後面衆弟子阻住了去路。幸好他雖腳步沉重，氣喘吁吁，三步兩滑，又爬又跌，走得倒也快捷。後面一名女弟子又笑又埋怨：「你這位將軍大人眞是……咳，一天也不知要摔多少交！」

儀琳回過頭來，說道：「儀淸師姊，你別催將軍了。他心裏一急，別眞的摔了下去。這山坡陡得緊，摔下去可不是玩的。」

令狐冲見到她一雙大眼，淸澄明澈，猶如兩泓淸泉，一張俏臉在月光下秀麗絕俗，更沒半分人間煙火氣，想起那日爲了逃避青城派的追擊，她在衡山城中將自己抱出來，自己也曾這般怔怔的凝視過她，突然間心底升起一股柔情，心想：「這高坡之上，伏得有強仇大敵想要害她。我便性命不在，也要保護她平安周全。」

儀琳見他雙目呆滯，容貌醜陋，向他微微點頭，露出溫和笑容，又道：「儀清師姊，這位將軍倘若摔跌，你可得快拉住他。」儀清笑道：「他這麼重，我怎拉得住？」

本來恆山派戒律甚嚴，這些女弟子輕易不與外人說笑。但令狐冲大裝小丑模樣，不住逗她們的樂子，衆女弟子年輕喜事，四周又並無長輩，黑夜趕路，說幾句無傷大雅的笑話，亦有振奮精神之效。

令狐冲怒道：「你們這些女孩子說話便不知輕重。我堂堂將軍，想當年在戰場上破陣殺賊，那般威風凜凜、殺氣騰騰的模樣，你們要是瞧見了，嘿嘿，還有不佩服得五體投地的？這區區山路，壓根兒就沒瞧在我眼裏，怎會摔交？當眞信口開河……啊喲，不好！」腳下似乎踏到一塊小石子，便即俯跌下去。他伸出雙手，在空中亂揮亂抓。在他身後的幾名女弟子都尖聲叫了出來。

儀琳急忙回身，伸手去拉。令狐冲湊手過去，握住了她手。儀琳運勁一提，令狐冲左手在地下連撐，這才站定，神情狼狽不堪。他身後的幾名女弟子忍不住咭咭咯咯的嘻笑。令狐冲道：「我這皮靴走山路太過笨重，倘若穿了你們的麻鞋，那就包管不會摔交。再說，我只不過滑了一滑，又不是摔交，有甚麼好笑？」儀琳緩緩鬆開了手，說道：「是啊，將軍穿了馬靴，走山道確是不大方便。」令狐冲道：「雖然不便，可威風得緊，要是像你們老百姓那樣，腳上穿雙麻鞋草鞋，可又太不體面了。」衆女弟子聽他死要面子，又都笑了起來。

這時後面幾撥人已絡繹到了山腳下，走在最先的將到坡頂。

令狐冲大聲嚷道：「這一帶所在，偷鷄摸狗的小賊最多，冷不妨的便打人悶棍，搶人錢財。你們出家人身邊雖沒多大油水，可是辛辛苦苦化緣得來的銀子財物，卻也小心別讓人給搶了去。」儀清笑道：「有咱們大將軍在此，諒來小毛賊也不敢前來太歲頭上動土。」令狐冲叫道：「喂，喂，小心了，我好像瞧見上面有人探頭探腦。」

一名女弟子道：「你這位將軍當眞囉唆，難道咱們還怕了幾個小毛賊不成？」

一言甫畢，突然聽得兩名女弟子叫聲：「哎唷！」骨碌碌滾將下來。兩名女弟子急忙搶上，同時抱住。前面幾名女弟子叫了起來：「賊子放暗器，小心了！」叫聲未歇，又有一人滾跌下來。儀和叫道：「大家伏低！小心暗器！」當下衆人都伏低了身子。令狐冲罵道：「大膽毛賊，你們不知本將軍在此麼？」儀琳拉拉他手臂，急道：「快伏低了！」

在前的女弟子掏出暗器，袖箭、鐵菩提紛紛向上射去。但上面敵人隱伏石後，一個也瞧不見，暗器盡數落空。

定靜師太聽得前面現了敵蹤，縱身急上，從一衆女弟子頭頂躍過，來到令狐冲身後時，呼的一聲，也從他頭頂躍了過去。

令狐冲叫道：「出門大吉！晦氣，晦氣！」吐了幾口口水。只見定靜師太大袖飛舞，當先攻上，敵人的暗器嗤嗤射來，有的釘上了她衣袖，有的給她袖力激飛。

定靜師太幾個起落，到了坡頂，尚未站定，但覺風聲勁急，一條熟銅棍從頭頂砸到。聽這兵刃劈風之聲，便知十分沉重，當下不敢硬接，側身從棍旁竄過，卻見兩柄鏈子槍一上一下的同時刺到，來勢迅疾。敵人在這隘口上伏著三名好手，扼守要道。定靜師太喝道：「無恥！」反手拔出長劍，一劍破雙槍，格了開去。那熟銅棍又攔腰掃來。定靜師太長劍在棍上一搭，乘勢削下，一條鏈子槍卻已刺向她右肩。只聽得山腰中女弟子尖聲驚呼，跟著砰砰之聲大作，原來敵人從峭壁上將大石推將下來。

恆山派衆弟子擠在窄道之中，竄高伏低，躲避大石，頃刻間便有數人爲大石砸傷。定靜師太退了兩步，叫道：「大家回頭，下坡再說！」她舞劍斷後，以阻敵人追擊。卻聽得轟轟之聲不絕，頭頂不住有大石擲下，接著聽得下面兵刃相交，山腳下竟也伏有敵人。這些人待恆山派衆人上坡，上面一發動，便現身堵住退路。

下面傳上訊息：「師伯，攔路的賊子功夫硬得很，衝不下去。」接著又傳訊上來：

「兩位師姊受了傷。」

定靜師太大怒，如飛奔下，只見兩名漢子手持鋼刀，正逼得兩名女弟子不住倒退。定靜師太一聲呼叱，長劍疾刺，忽聽得呼呼兩聲，兩個拖著長鏈的鑌鐵八角鎚從下飛擊而上，直攻她面門。定靜師太舉劍撩去，一枚八角鎚一沉，逕砸她長劍，另一枚卻向上飛起，自頭頂壓落。定靜師太微微一驚：「好大的膂力。」如在平地，她也不會對這等硬打硬砸的武功放在心上，只須展開小巧功夫，便能從側搶攻，但山道狹窄，除了正面衝下之外，別無他途。敵人兩柄八角鐵鎚正舞得勁急，猶如兩團黑霧撲面而來，定靜師太沒法施展精妙劍術，只得一步步倒退上坡。

猛聽上面「哎唷」聲連作，又有幾名女弟子中了暗器，摔跌下來。定靜師太定了定神，覺得還是坡頂的敵人武功稍弱，較易對付，便又衝上，從眾女弟子頭頂躍過，跟著又越過令狐冲頭頂。

令狐冲大聲叫道：「啊喲，幹甚麼啦，跳田雞麼？這麼大年紀，還鬧著玩。你在我頭頂跳來跳去，人家還能賭錢麼？」定靜師太急於破敵解圍，沒將他的話聽在耳中。儀琳歉然道：「對不住，我師伯不是故意的。」令狐冲嘮嘮叨叨的埋怨：「我早說這裏有毛賊，你們就是不信。」心中卻道：「我只見魔教人眾埋伏在坡頂，卻原來山坡下也伏有好手。恆山派人數雖多，擠在這條山道中施展不出手腳，大事當眞不妙。」

定靜師太將到坡頂，驀見杖影晃動，一條鐵禪杖當頭擊落，原來敵人另調好手把守。定靜師太心想：「今日我如衝不破此關，帶出來的這些弟子們只怕要覆沒於此。」身形側過，長劍斜刺，身子離鐵禪杖不過數寸，便已閃過，長劍和身撲前，急刺那手揮禪杖的胖大頭陀。這一招可說險到了極點，直是不顧性命、兩敗俱傷的打法。那頭陀猝不及防，收轉禪杖已自不及，嗤的一聲輕響，長劍從他脅下刺入。那頭陀悍勇已極，一聲大叫，左拳擊落，將長劍打得斷成兩截，拳上自也是鮮血淋漓。

定靜師太叫道：「快上來，拿劍來！」儀和飛身而上，橫劍叫道：「師父，劍！」定靜師太轉身去接，斜刺裏一柄鏈子槍攻向儀和，另一柄鏈子槍向定靜師太刺到。儀和只得揮劍擋格，那使鏈子槍之人著著進逼，又將儀和逼得退下山道，長劍竟沒能遞到定靜師太手中。

跟著上面搶過三人，二人使刀，一人使一對判官筆，將定靜師太圍在垓心。定靜師太一雙肉掌上下翻飛，使開恆山派「天長掌法」，在四般兵刃間翻滾來去。她年近六旬，身手矯捷卻不輸少年。魔教三名好手合力圍攻，竟奈何不了這位赤手空拳的老尼。

儀琳輕輕驚叫：「啊喲，那怎麼辦？」令狐冲大聲道：「這些小毛賊太不成話，讓道，讓道！本將軍要上去捉拿毛賊了。」儀琳急道：「去不得！他們不是毛賊，都是武功很好的人，你一上去，他們便要殺了你。」令狐冲胸口一挺，昂然叫道：「青天白日之下……」抬頭一看，天剛破曉，還說不上是「青天白日」，他也不以爲意，繼續說道：「這些小毛賊攔路打劫，欺侮女流之輩，哼哼，難道不怕王法麼？」儀琳道：「我們不是尋常的女流之輩，敵人也不是攔路打劫的小毛賊……」令狐冲大踏步上前，從一衆女弟子身旁硬擠過去。衆女弟子只得貼緊石壁，讓他擦身而過。

令狐冲將上坡頂，伸手去拔腰刀，拔了好一會，假裝拔不出來，罵道：「他奶奶的，這刀子硬是搗亂，要緊關頭卻生了鏽。將軍刀鏽，怎生拿賊？」

儀和正挺劍和兩名魔教教衆劇鬥，拚命守住山道，聽他在身後嘮嘮叨叨，刀子生了鏽，拔不出來，又好氣，又好笑，叫道：「快讓開，這裏危險！」只這麼叫了一聲，微一疏神，一柄鏈子槍唰的一聲，刺向她肩頭，險些中槍。儀和退了半步，那人又挺槍刺到。

令狐冲叫道：「反了，反了！大膽毛賊，不見本將軍在此嗎？」斜身閃在儀和身前。那使鏈子槍的漢子一怔，此時天色漸明，見他服色打扮確是朝廷命官模樣，當下凝槍不發，槍尖指住他胸口，喝道：「你是誰？剛才在下面大呼小叫，便是你這狗官麼？」

令狐冲罵道：「你奶奶的，你叫我狗官？你才是狗賊！你們在這裏攔路打劫，本將軍到此，你們還不逃之夭夭，當眞無法無天！本將軍拿住了你們，送到縣衙門去，每人打五十大板，打得你們屁股開花，鮮血淋漓，每人大叫我的媽啊！」

那使槍漢子不願戕殺朝廷命官，惹下麻煩，罵道：「快滾你媽的臭鴨蛋！再囉唆不清，老子在你這狗官身上戳三個透明窟窿。」

令狐冲見定靜師太一時尚無敗象，而魔教教衆也不再向下發射暗器、投擲大石，大聲喝道：「大膽毛賊，快跪下叩頭，本將軍看在你們家有八十歲老娘，或者還可從輕發落，否則的話，哼哼，將你們狗頭一個個砍將下來……」

恆山派衆弟子聽得都皺眉搖頭，均想：「這人是個瘋子。」儀和走上一步，挺劍相護，如敵人發槍刺他，便出劍招架。

令狐冲又使勁拔刀，罵道：「你奶奶的，臨急上陣，這柄祖傳的寶刀偏偏生了鏽。哼，我這寶刀只消不生鏽哪，你毛賊便有十個腦袋也都砍了下來。」那使槍漢子呵呵大笑，喝道：「去你媽的！」橫槍向令狐冲腰裏砸來。令狐冲一扯之下，連刀帶鞘都扯了下來，叫聲：「啊喲！」身子向前直撲，摔了下去。儀和叫道：「小心！」令狐冲摔跌之時，腰刀遞出，刀鞘頭正好點中那使槍漢子腰眼。那漢子哼也不哼，便已軟倒。

令狐冲啪的一聲，摔倒在地，掙扎著爬起，「咦」的一聲，叫道：「啊哈，你也摔了交，大家扯個直，二一添作五，老子不算輸，咱們再來打過。」

儀和一把抓起那漢子，向後摔出，心想有了一名俘虜在手，事情便易辦了些。

魔教中三人衝將過來，意圖救人。令狐冲叫道：「啊哈，乖乖不得了，小小毛賊眞要拒捕。」提起腰刀，指東打西，使的全然不成章法。「獨孤九劍」本來便無招數，固可使得瀟洒優雅，但使得笨拙醜怪，一樣的威力奇大，其要點乃在劍意而不在招式。他並不擅於點穴打穴，激鬥之際，難以認準穴道，但精妙劍法附之以渾厚內力，雖非戳中要害，但教撞在穴道之側，敵人一般的也禁受不住，隨手戳出，便點倒一人。

但見他腳步踉蹌，跌跌撞撞，一把連鞘腰刀亂揮亂舞，忽然間收足不住，向一名敵人撞去，噗的一聲響，刀鞘尖頭剛好撞正那人小腹。那人吐了口長氣，登時軟倒。令狐冲叫聲「啊喲」，向後一跳，刀柄又撞中一人肩後。那人立時摔倒，在地下打滾。令狐冲雙腳在他身上一絆，罵道：「他奶奶的！」身子直撞出去，刀鞘戳中一名持刀教眾。此人是圍攻定靜師太的三名好手之一，背心受撞，單刀脫手飛出。定靜師太乘機發掌，砰的一聲，擊正那人胸口。那人口噴鮮血，眼見不活了。

令狐冲叫道：「小心，小心！」退了幾步，背心撞向那使判官筆之人。那人挺筆向他背脊點去。令狐冲一個踉蹌，向前衝出，刀鞘到處，又有兩名教眾受戳倒地。那使判官筆之人向他疾撲而至。令狐冲大叫：「我的媽啊！」拔步奔逃，那人發足追來。令狐冲突然停步彎腰，刀柄從腋下露出半截，那人萬料不到他奔跑正速之際忽然站定不動，他武功雖高，變招卻已不及，急衝之下，將自己胸腹交界處撞上了令狐冲向後伸出的刀柄。那人臉上露出古怪之極的神情，對適才之事似是絕不相信，可是身子卻慢慢軟倒。

令狐冲轉過身來，見坡頂打鬥已停，恆山派眾弟子一小半已然上坡，正和魔教眾人對峙而立，其餘弟子正自迅速上來。他大聲叫道：「小小毛賊，見到本將軍在此，還不快快跪下投降，眞正奇哉怪也！」手舞刀鞘，大叫一聲，向魔教人叢中衝了進去。

魔教教衆登時刀槍交加。恆山派衆弟子待要上前相助，卻見令狐冲大叫：「厲害，厲害！好兇狠的毛賊！」已從人叢中奔了出來。他腳步沉重，奔跑時拖泥帶水，一不小心，砰的摔了一交，刀鞘彈起，擊上自己額頭，登時暈去。但他在魔教人叢中一入一出，又已戳倒了五人。雙方見他如此，無不驚得呆了。

儀和、儀清雙雙搶上，叫道：「將軍，你怎麼啦？」令狐冲雙目緊閉，佯作不醒。

魔教領頭的老人眼見片刻間己方一人身亡，更有十一人爲這瘋瘋顚顚的軍官戳倒。適才見他衝入陣來，自己接連出招要想拿他，都反而險些給他刀鞘戳中，刀鞘鞘尖所指處雖非穴道所在，但來勢凌厲，方位古怪，生平從所未見，此人武功之高，委實深不可測。又見己方給戳倒的人之中，五人已遭恆山派擒住，今日無論如何討不了好去，當即朗聲說道：「定靜師太，你們中了暗器的弟子，要不要解藥？」

定靜師太見己方中了暗器的幾名弟子昏迷不醒，傷處流出的都是黑血，知暗器淬有劇毒，聽他這句話，已明其意，叫道：「拿解藥來換人！」那人點了點頭，低語數句。一名教衆拿了一個瓷瓶，走到定靜師太身前，微微躬身。定靜師太接過瓷瓶，厲聲道：「解藥倘若有效，自當放人。」那老人道：「好，恆山定靜師太，當非食言之人。」將手一揮。眾人抬起傷者和死者屍體，齊從西側山道下坡，頃刻之間，走得一個不賸。

令狐冲悠悠醒轉，叫道：「好痛！」摸了摸額頭腫起的一個硬塊，奇道：「咦，那些毛賊呢？都到那裏去啦？」儀和嗤的一笑，道：「你這位將軍當眞希奇古怪，剛才幸虧你衝入敵陣，胡打一通，那些小毛賊居然給你嚇退了。」

令狐冲哈哈大笑，說道：「妙極，妙極！大將軍出馬，果然威風八面，與眾不同。小毛賊望風披靡，哎唷……」伸手一摸額頭，登時苦起了臉。儀清道：「將軍，你可砸傷了嗎？咱們有傷藥。」令狐冲道：「沒傷，沒傷！大丈夫馬革裹屍，也是閒事……」儀和抿嘴笑道：「只怕是馬革裹屍罷，甚麼叫馬革裏屍？」儀清橫了她一眼，道：「你就是愛挑眼，這會兒說這些幹甚麼？」令狐冲道：「我們北方人，就讀馬革裏屍，你們南方人讀法有些不同。」儀和轉過了頭，笑道：「我們可也是北方人。」

定靜師太將解藥交給了身旁弟子，囑她們救治中了暗器的同門，走到令狐冲身前，躬身施禮，說道：「恆山老尼定靜，不敢請問少俠高姓大名。」

令狐冲心中一凜：「這位恆山派前輩果然眼光厲害，瞧出了我年紀不大，又是個冒牌將軍。」當下躬身抱拳，恭恭敬敬的還禮，說道：「老師太請了。本將軍姓吳，官名天德，天恩浩蕩之天，道德文章之德，官拜泉州參將之職，這就上任去也！」

定靜師太料他不願以眞面目示人，未必眞是將軍，但見他禮數周到，心有好感，說道：「今日我恆山派遭逢大難，得蒙將軍援手相救，大恩大德，不知如何報答才是。將軍武功深湛，貧尼卻瞧不出將軍的師承門派，確實佩服。」

令狐冲哈哈大笑，說道：「老師太誇獎，不過老實說，我的武功倒的確有兩下子，上打雪花蓋頂，下打老樹盤根，中打黑虎偷心……哎唷，哎唷！」一面說，一面手舞足蹈，一拳打出，似乎用力過度，自己弄痛了關節，偷眼看儀琳時，見她吃了一驚，頗有關切之意，心想：「這位小師妹良心眞好，倘若知道是我，不知她心中有何想法？」

定靜師太自然明知他是假裝，微笑道：「將軍既眞人不露相，貧尼只有朝夕以淸香一炷，禱祝將軍福體康健，萬事如意了。」

令狐冲道：「多謝，多謝。請你求求菩薩，保祐我升官發財。小將也祝老師太和衆位小師太一路順風，逢凶化吉，萬事順利。哈哈，哈哈！」大笑聲中，向定靜師太一躬到地，揚長而去。他雖狂妄做作，但久在五嶽劍派，對這位恆山派前輩卻也不敢缺了禮數。

恆山派羣弟子望著他腳步蹣跚的向南行去，圍著定靜師太，嘰嘰喳喳的紛紛詢問：「師伯，這人是甚麼來頭？」「他是眞的瘋瘋顚顚，還是假裝的？」「他是不是武功很高，還是不過運氣好，誤打誤撞的打中了敵人？」「師父，我瞧他不像將軍，好像年紀也不大，是不是？」

定靜師太嘆了口氣，轉頭去瞧身中暗器的衆弟子，見她們敷了解藥後，黑血轉紅，脈搏加強，已無險象，她恆山派治傷靈藥算得是各派之冠，自能善後，當下解開了五名魔教教眾的穴道，令其自去，說道：「大夥兒到那邊樹下坐下休息。」

她獨自在一塊大巖石畔坐定，閉目沉思：「這人衝入魔教陣中之時，魔教領頭的長老向他動手。但他仍能在頃刻間戳倒五人，卻又不是打穴功夫，所用招式竟絲毫沒顯示他的家數門派。當世武林之中，竟有這般厲害的年輕人，卻是那一位高人的弟子？這樣的人物是友非敵，實是我恆山派的大幸了。」

她沉吟半晌，命弟子取過筆硯，一張薄絹，寫了一信，說道：「儀質，取信鴿來。」儀質答應了，從背上所負竹籠中取出一隻信鴿。定靜師太將薄絹書信捲成細細的一條，塞入一個小竹筒中，蓋上了蓋子，再澆了火漆，用鐵絲縛在鴿子的左足上，心中默禱，將信鴿往上一擲。鴿兒振翅北飛，漸高漸遠，頃刻間成為一個小小黑點。

定靜師太自寫書以至放鴿，每一行動均十分遲緩，和她適才力戰羣敵時矯捷若飛的情狀全然不同。她抬頭仰望，那小黑點早在白雲深處隱沒不見，但她兀自向北遙望。衆人誰都不敢出聲，適才這一戰，雖有那小丑般的將軍插科打諢，似乎頗為熱鬧有趣，其實局面凶險之極，各人都可說是死裏逃生。

隔了良久，定靜師太轉過身來，向一名十五六歲的小姑娘招了招手。那少女立即站起，走到她身前，低聲叫道：「師父！」定靜師太輕輕撫了撫她頭髮，說道：「絹兒，你剛才怕不怕？」那少女點了點頭，道：「怕的！幸虧這位將軍勇敢得很，將這些惡人打跑了。」定靜師太微微一笑，說道：「這位將軍不是勇敢得很，而是武功好得很。」那少女道：「師父，他武功好得很麼？我瞧他出招亂七八糟，一不小心，把刀鞘砸在自己頭上。怎麼他的刀又會生鏽，拔不出鞘？」

這少女秦絹是定靜師太所收的關門弟子，聰明伶俐，甚得師父憐愛。恆山派女弟子中，出家的尼姑約佔六成，其餘四成是俗家弟子，有些是中年婦人，五六十歲的婆婆也有，秦絹在恆山派中年紀最小。眾弟子見定靜師太和小師妹秦絹說話，慢慢都圍了上來。

儀和插口道：「他出招那裏亂七八糟了？那都是假裝出來的。將上乘武功掩飾得一點不露痕跡，那才叫高明呢！師父，你看這位將軍是甚麼來頭？是那一家那一派的？」

定靜師太緩緩搖頭，說道：「這人的武功，只能以『深不可測』四字來形容，其餘的我一概不知。」

秦絹問道：「師父，你這封信是寫給掌門師叔的，是不是？馬上能送到嗎？」定靜師太道：「鴿兒到蘇州白衣庵換一站，從白衣庵到濟南妙相庵又換一站，再在老河口清靜庵換一站。四隻鴿兒接力，當可送到恆山了。」

儀和道：「幸好咱們沒損折人手，那幾個師姊妹中了餵毒暗器的，過得兩天相信便沒大礙。給石頭砸傷和中了兵刃的，也沒性命之憂。」

定靜師太抬頭沉思，沒聽到她的話，心想：「恆山派這次南下，行蹤甚秘，晝宿宵行，如何魔教人衆竟能得知訊息，在此據險伏擊？」轉頭對衆弟子道：「敵人遠遁，諒來一時不敢再來。大家都累得很了，便在這裏吃些乾糧，到那邊樹蔭下睡一忽兒。」

大家答應了，便有人支起鐵架，烹水泡茶。

衆人睡了幾個時辰，用過了午餐。定靜師太見受傷的弟子神情委頓，說道：「咱們行跡已露，以後不用晚間趕路了，受傷的人也須休養，咱們今晚在廿八鋪歇宿。」

從這高坡上一路下山，行了三個多時辰到了廿八鋪。那是浙閩間的交通要衝，仙霞領上行旅必經之所。進得鎮來，天還沒黑，但鎮上竟無一人。

儀和道：「福建風俗眞怪，這麼早大家便睡了。」定靜師太道：「咱們且找一家客店投宿。」恆山派和武林中各地尼庵均互通聲氣，但廿八鋪並無尼庵，不能前去掛單，只得找客店投宿。所不便的是俗人對尼姑頗有忌諱，認爲見之不吉，往往多惹閒氣，好在一衆女尼受之已慣，也從來不加計較。

但見一家家店鋪都上了門板。廿八鋪說大不大，說小不小，也有兩三百家店鋪，可是一眼望去，竟似一座死鎮。落日餘暉未盡，廿八鋪街上已如深夜一般。衆人在街上轉了個彎，見一家客店前挑出一個白布招子，寫著「仙居客店」四個大字，但大門緊閉，靜悄悄地沒半點聲息。女弟子鄭萼當下便上前敲門。這鄭萼是俗家弟子，一張圓圓的臉蛋常帶笑容，能說會道，很討人喜歡。一路上凡有與人打交道之事，總是由她出馬，免得旁人一見尼姑，便生拒卻之心。

鄭萼敲了幾下門，停得片刻，又敲幾下，過了良久，卻沒人應門。鄭萼叫道：「店家大叔，請開門來。」她聲音清亮，又是習武之人，聲音頗能及遠，便隔著幾重院子，也當聽見了。可是客店中竟沒一人應聲，情形顯甚突兀。

儀和走上前去，附耳在門板上一聽，店內全無聲息，轉頭道：「師父，店內沒人。」

定靜師太隱隱覺得不對，眼見店招甚新，門板也洗刷得十分乾淨，決不是歇業不做的模樣，說道：「過去瞧瞧，這鎮上該不止這一家客店。」

向前走過數十家門面，又有一家「南安客店」。鄭萼上前拍門，一模一樣，仍沒人答應。鄭萼道：「儀和師姊，咱們進去瞧瞧。」儀和道：「好！」兩人越牆而入。鄭萼叫道：「店裏有人嗎？」不聽有人回答，兩人拔劍出鞘，並肩走進客堂，再到後面廚房、馬厩、客房各處查看，果然一人也無。但桌上、椅上未積灰塵，連桌上一把茶壺中的茶也尚有微溫。鄭萼打開大門，讓定靜師太等進來，將情形說了。各人都嘖嘖稱奇。

定靜師太道：「你們七人一隊，分別到鎮上各處去瞧瞧，打聽一下到底是何緣故。七人不可離散，一有敵蹤便吹哨為號。」眾弟子答應了，分別快步行出。客堂上便只賸下定靜師太一人。初時尙聽到衆弟子的腳步之聲，到後來便寂無聲息。這廿八鋪鎭上，靜得令人只感毛骨悚然，偌大一個鎭甸，人聲俱寂，連鷄鳴犬吠之聲也聽不到半點，確實大異尋常。

定靜師太突然躭心：「莫非魔教布下了陰毒陷阱？女弟子們沒多大江湖閱歷，別要中了詭計，給魔教一網打盡。」走到門口，見東北角人影晃動，西首又有幾人躍入店鋪屋中，都是本派弟子，她心中稍定。又過一會，衆弟子絡繹回報，都說鎭上並無一人。

儀和道：「別說沒人，連畜生也沒一隻。」儀淸道：「看來鎭上各人離去不久，許多屋中箱籠打開，大家把値錢的東西都帶走了。」定靜師太點點頭，問道：「你們以爲怎麼？」儀和道：「弟子猜想，那是魔教妖人驅散了鎭民，不久便會大舉來攻。」定靜師太道：「不錯！這一次魔教妖人要跟咱們明槍交戰，那好得很啊。你們怕不怕？」衆弟子齊聲道：「降魔滅妖，乃我佛門弟子的天職。」定靜師太道：「咱們便在這客店中宿歇，做飯飽餐一頓再說。先試試水米蔬菜中有無毒藥。」

恆山派會餐之時，本就不許說話，這一次更人人豎起了耳朶，傾聽外邊聲息。第一批吃過後，出去替換外邊守衛的弟子進來吃飯。

儀淸忽然心生一計，說道：「師父，咱們去將許多屋中的燈燭都點了起來，敎敵人不知咱們的所在。」定靜師太道：「這疑兵之計甚好。你們七人去點燈。」

她從大門中望出去，只見大街西首許多店鋪的窗戶中，一處處透了燈火出來，再過一會，東首許多店鋪的窗中也有燈光透出。大街上燈光處處，便是沒半點聲息。定靜師太一抬頭，見到天邊月亮，心中默禱：「菩薩保祐，讓我恆山派諸弟子此次得能全身而退。弟子定靜若能復歸恆山，從此青燈禮佛，再也不動刀劍了。」

她昔年叱吒江湖，著實幹下了不少轟轟烈烈的事跡，但昨晚仙霞嶺上這一戰，局面之凶險，此刻思之猶有餘悸，所躭心的是率領著這許多弟子，若她孤身一人，情境便再可怖十倍，也不放在心上，又再默禱：「大慈大悲、救苦救難觀世音菩薩，如我恆山諸人此番非有損折不可，只讓弟子定靜一人身當此災，諸般殺業報應，只由弟子一人承當。」

便在此時，忽聽得東北方傳來一個女子聲音大叫：「救命，救命哪！」萬籟俱寂之中，尖銳之音特別顯得淒厲。定靜師太微微一驚，聽聲音並非本派弟子，凝目向東北角望去，並未見到有何動靜，隨見儀清等七名弟子向東北角上奔去，自是前去察看。過了良久，不見儀清等回報。儀和道：「師父，弟子和六位師妹過去瞧瞧。」定靜點點頭，儀和率領六人，循著呼叫聲來處奔去。黑夜中劍光閃爍，不多時便即隱沒。

隔了好一會，忽然那女子聲音又尖叫起來：「殺了人哪，救命，救命！」恆山派羣徒面面相覷，不知那邊出了甚麼事，何以儀清、儀和兩批人過去多時，始終沒來回報，若說遇上了敵人，卻又不聞打鬥之聲。但聽那女子一聲聲的高叫「救命」，大家瞧著定靜師太，候她發令派人再去施救。

定靜師太道：「于嫂，你帶領六名師妹前去，不論見到甚麼事，即刻派人回報。」于嫂是個四十來歲的中年婦人，原是恆山白雲庵中服侍定閒師太的傭婦。後來定閒師太見她忠心能幹，收爲弟子，此次隨同定靜師太出來，卻是第一次闖蕩江湖。于嫂躬身答應，帶同六名師妹向東北方而去。

可是這七人去後，仍如石沉大海，有去無回。定靜師太越來越驚，猜想敵人布下了陷阱，誘得衆弟子前去，一一擒住；又等片刻，仍無半點動靜，那高呼「救命」之聲卻也不再響了。定靜師太道：「儀質、儀眞，你們留在這裏，照料受傷的師姊、師妹，不論見到甚麼古怪，總之不可離開客店，以免中了調虎離山之計。」儀質、儀眞二人躬身答應。

定靜師太對鄭萼、儀琳、秦絹三名年輕弟子道：「你們三個跟我來。」抽出長劍，向東北方奔去。來到近處，但見一排房屋，黑沉沉地既無燈火，亦無聲息，定靜師太厲聲喝道：「魔教妖人，有種的便出來決戰，在這裏裝神弄鬼，是甚麼英雄好漢？」停了片刻，聽屋中沒人回答，飛腿向身畔一座屋子的大門上踢去。喀喇一聲，門閂斷截，大門向內彈開，屋內一團漆黑，也不知有人沒人。

定靜師太不敢貿然闖進，叫道：「儀和、儀清、于嫂，你們聽到我聲音麼？」她叫聲遠遠傳了開去，過了片刻，遠處傳來一些輕微回聲，回聲既歇，便又是一片靜寂。

定靜師太回頭道：「你們三人緊緊跟著我，不可離開。」提劍繞著這排屋子奔行一周，沒見絲毫異狀，縱身上屋，凝目四望。其時微風不起，樹梢俱定，冷月清光鋪在瓦面之上，這情景便如昔日在恆山午夜出來步月時所見一般，但在恆山是一片寧靜，此刻卻蘊藏著莫大詭秘和殺氣。定靜師太空有一身武功，敵人始終沒露面，當眞束手無策。

她又焦躁，又後悔：「早知魔教妖人鬼計多端，可不該派她們分批過來……」突然間心中一凜，雙手一拍，縱下屋來，展開輕功，急馳回到南安客店，叫道：「儀質、儀眞，見到甚麼沒有？」客店中竟沒人答應。

她疾衝進內，店內已無一人，本來睡在榻上養傷的幾名弟子也都已不知去向。

這一下定靜師太便修養再好，卻也無法鎭定了，劍尖在燭光下不住躍動，閃出一絲絲青光，知自己握著長劍的手已忍不住顫抖。數十名女弟子突然無聲無息的就此失蹤，到底甚麼緣故？卻又如何是好？一霎那間，但覺唇乾舌燥，全身筋骨俱軟，竟爾無法移動。

但這癱軟只頃刻間事，她吸一口氣，在丹田中一加運轉，立即精神大振，在客店各處房舍庭院中迅速兜了一圈，不見絲毫端倪，叫道：「萼兒、絹兒，你們過來。」可是黑夜之中，只聽到自己的叫聲，鄭萼、秦絹和儀琳三人均無應聲。定靜師太暗叫：「不好！」急衝出門，叫道：「萼兒、絹兒、儀琳，你們在那裏？」門外月光淡淡，那三個小弟子也已影蹤不見。

當此大變，定靜師太不驚反怒，躍上屋頂，叫道：「魔教妖人，裝神弄鬼，成甚麼樣子？」她連呼數聲，四下裏靜悄悄地沒半點聲音。她不住口大聲叫罵，但廿八鋪偌大一座鎮甸，似乎便只剩下她一人。

正無法可施之際，忽然靈機一動，朗聲說道：「魔教衆妖人聽了，你們再不現身，那便顯得東方不敗無恥膽怯，不敢派人和我正面爲敵。甚麼東方不敗，只不過是東方必敗而已。東方必敗，有種敢出來見見老尼嗎？東方必敗，你既然必敗，我料定你就是不敢！」她知魔教中上上下下對教主奉若神明，如有人辱及教主之名，教徒聞聲而不出來拚命維護教主令譽，實爲罪大惡極。果然她叫了幾聲「東方必敗」，突見幾間屋中擁出七人，悄沒聲的躍上屋頂，四面將她圍住。

敵人一現身形，定靜師太心中一喜，心想：「你們這些妖人終究給我罵了出來，便將我亂刀分屍，也勝於這般鬼影也見不到半個。」可是這七人只一言不發的站在她身周。定靜師太怒道：「我那些女弟子呢？將她們綁架到那裏去了？」那七人仍默不作聲。

定靜師太見站在西首的兩人年紀均有五十來歲，臉上肌肉便如僵了一般，不露半分喜怒之色。她吐了一口氣，叫道：「好，看劍！」挺劍向西北角上那人胸口刺去。

她身在重圍之中，自知這一劍沒法當眞刺到他，這一刺只是虛招。眼前那人可也當眞了得，他料到這劍只是虛招，竟然不閃不避。定靜師太這一劍本擬收回，見他毫不理會，刺到中途卻不收回了，力貫右臂，逕自疾刺過去。卻見身旁兩個人影一閃，兩人各伸雙手，分別往她左肩、右肩揷落。

定靜師太身形略側，疾如飄風般轉了過來，攻向東首那身形甚高之人。那人滑開半步，嗆啷一聲，兵刃出手，乃是一面沉重的鐵牌，舉牌往她劍上砸去。定靜師太長劍早已圈轉，嗤的一聲，刺向身左一名老者。那老者伸出左手，逕來抓她劍身，月光下隱隱見他手上似是戴有黑色手套，料想是刀劍不入之物，這才敢赤手來奪長劍。

轉鬥數合，定靜師太已和七名敵人中的五人交過了手，只覺這五人無一不是好手，倘若單打獨鬥，甚或以一敵二，她決不畏懼，還可佔到七八成贏面，但七人齊上，只要稍有破綻空隙，旁人立即補上，她變成只有挨打、絕難還手的局面。

越鬥下去，越是心驚：「魔教中有那些出名人物，十之八九我都早有所聞。他們的武功家數、所用兵刃，我五嶽劍派並非不知。但這七人是甚麼來頭，我卻全然猜想不出。料不到魔教近年來勢力大張，竟收羅了這許多身分隱秘的高手。」

堪堪鬥到六七十招，定靜師太左支右絀，已氣喘吁吁，一瞥眼間，忽見屋面上又多了十幾個人影。這些人顯然早已隱伏在此，到這時才突然現身。她暗叫：「罷了，罷了！眼前這七人我已對付不了，再有這些敵人窺伺在側，定靜今日大限難逃，與其落入敵人手中，苦受折辱，不如及早自尋了斷。這臭皮囊只是我暫居的舍宅，毀了殊不足惜，只是所帶出來的數十名弟子盡數斷送，定靜老尼卻愧對恆山派的列位先人了。」

唰唰唰疾刺三劍，將敵人逼開兩步，忽地倒轉長劍，向自己心口插了下去。

劍尖將及胸膛，突然噹的一聲響，手腕劇震，長劍盪開。只見一個男子手中持劍，站在自己身旁，叫道：「定靜師太勿尋短見，嵩山派朋友在此！」自己長劍自是他擋開的。只聽得兵刃撞擊之聲急響，伏在暗處的十餘人紛紛躍出，和那魔教的七人鬥了起來。定靜師太死中逃生，精神一振，當即仗劍上前助戰。嵩山派那些人以二對一，魔教的七人立處下風。那七人眼見寡不敵眾，齊聲唿哨，從南方退了下去。

定靜師太持劍疾追，迎面風聲響動，屋簷上十多枚暗器同時發出。定靜師太舉起長劍，凝神將攢射過來的暗器一一拍開。黑夜之中，唯有星月微光，長劍飛舞，但聽得叮叮之聲連響，十多枚暗器給她盡數擊落。只是給暗器這麼一阻，那魔教七人卻逃得遠了。只聽得身後那人叫道：「恆山派萬花劍法精妙絕倫，今日教人大開眼界。」

定靜師太長劍入鞘，緩緩轉身，剎那之間，由動入靜，一位適才還在奮劍劇鬥的武林健者，登時變成了謙和仁慈的有道老尼，雙手合什行禮，說道：「多謝鍾師兄解圍。」

她認得眼前這個中年男子是嵩山派左掌門的師弟，姓鍾名鎮，外號人稱「九曲劍」。這並非因他所用兵刃是彎曲的長劍，而是恭維他劍法變幻無方，人所難測。當年泰山日觀峯五嶽劍派大會，定靜師太曾和他有一面之緣。其餘的嵩山派人物中，她也有三四人相識。

鍾鎮抱拳還禮，微笑道：「定靜師太以一敵七，力鬥魔教的『七星使者』，果然劍法高超，佩服，佩服，佩服！」

定靜師太尋思：「原來這七個傢伙叫做甚麼『七星使者』。」她不願顯得孤陋寡聞，當下也不再問，心想日後慢慢打聽不遲，既知道了他們的名號，那就好辦。

嵩山派餘人一一過來行禮，有二人是鍾鎮的師弟，其餘是低一輩弟子。定靜師太還禮罷，說道：「說來慚愧，我恆山派這次來到福建，所帶出來的數十名弟子，突然在這鎮上失蹤。鍾師兄你們各位是幾時來到廿八鋪的？可曾見到一些線索嗎？」她想嵩山派這些人早就隱伏在旁，卻要等到自己勢窮力竭，挺劍自盡，這才出手相助，顯是要自己先行出醜，再來顯他們的威風，心下暗暗不悅。只數十名女弟子突然失蹤，實在事關重大，不得不向他們打聽，若是她個人之事，那就寧可死了，也不會出口向這些人相求，此時向鍾鎮問到這一聲，已是委屈之至了。

鍾鎮道：「魔教妖人詭計多端，深知師太武功卓絕，力敵難以取勝，便暗設陰謀，將貴派弟子盡數擒了去。師太也不用著急，魔教雖然大膽，料來也不敢立時加害貴派諸位師妹。咱們下去詳商救人之策便是。」說著左手一伸，請她下屋。

定靜師太點了點頭，一躍落地。鍾鎮等跟著躍下。

鍾鎮向西走去，說道：「在下引路。」走出數十丈後折而向北，來到仙居客店之前，推門進去，說道：「師太，咱們便在這裏商議。」他兩名師弟一個叫「神鞭」滕八公，另一個叫「錦毛獅」高克新，三人都身居「嵩山十三太保」之列。三人引著定靜師太走進一間寬大的上房，點了蠟燭，分賓主坐下。嵩山弟子們獻上茶後，退了出去。高克新便將房門關上了。

鍾鎮說道：「我們久慕師太劍法恆山派第一……」定靜師太搖頭道：「不對，我劍法不及掌門師妹，也不及定逸師妹。」鍾鎮微笑道：「師太不須過謙。我和兩個師弟素仰英名，企盼見識師太神妙劍法，以致適才救援來遲，其實絕無不敬之意，謹此謝過，師太請勿怪罪。」定靜師太心意稍平，見三人站起身來抱拳行禮，便也站起合什還禮，道：「好說。」

鍾鎮待她坐下，說道：「我五嶽劍派結盟之後，同氣連枝，原不分彼此。只是近年來大家見面的時候少，好多事情又沒聯手共為，致令魔教坐大，氣燄日甚。」

定靜師太「嘿」的一聲，心道：「這當兒卻來說這些閒話幹甚麼？」鍾鎮又道：「左師哥日常言道：合則勢強，分則力弱。我五嶽劍派若能合而為一，魔教固非咱們敵手，便是少林、武當這些享譽已久的名門大派，聲勢也遠遠不及咱們了。左師哥他老人家有個心願，想把咱們有如一盤散沙般的五嶽劍派，歸併爲一個『五嶽派』。那時人多勢衆，齊心合力，實可成爲武林中諸門派之冠。不知師太意下如何？」

定靜師太長眉一軒，說道：「貧尼在恆山派中乃是閒人，素來不理事。鍾師兄所提的大事，該當去跟我掌門師妹說才是。眼前最要緊的，是設法將敝派失陷了的女弟子搭救出來。其餘種種，儘可從長計議。」鍾鎭微笑道：「師太放心。這件事既教嵩山派給撞上了，恆山派的事，便是我嵩山派的事，說甚麼也不能讓貴派諸位師妹們受委屈吃虧。」定靜師太道：「那可多謝了。但不知鍾師兄有何高見？有甚麼把握說這句話？」鍾鎭微笑道：「師太親身在此，恆山派鼎鼎大名的高手，難道還怕了魔教的幾名妖人？再說，我們師兄弟和幾名師姪，自也當盡心竭力，倘若仍奈何不了魔教中這幾個二流腳式，嘿嘿，那也未免太不成話了。」

定靜師太聽他說來說去，始終不著邊際，又焦躁，又氣惱，站起身來，說道：「鍾師兄這般說，自是再好不過，咱們這便去罷！」

鍾鎭道：「師太那裏去？」定靜師太道：「去救人啊！」鍾鎭問道：「到那裏去救人？」這一問之下，定靜師太不由得啞口無言，頓了一頓，道：「我這些弟子們失蹤不久，定然便在左近，越耽誤得久，那就越難找了。」鍾鎭道：「據小弟所知，魔教在離廿八鋪不遠之處有一巢穴，那些師妹們，多半已給囚禁在那裏，依小弟……」

定靜師太忙問：「這巢穴在那裏？咱們便去救人。」

鍾鎮緩緩的道：「魔教有備而發，咱們貿然前去，若有錯失，說不定人還沒救出來，先著了他們的道兒。依小弟之見，還是計議定當，再去救人，較爲妥善。」

定靜師太無奈，只得又坐了下來，道：「願聆鍾師兄高見。」

鍾鎮道：「小弟此次奉掌門師兄之命，來到福建，原是有一件大事要和師太會商。此事攸關中原武林氣運，關連我五嶽劍派的盛衰，實是非同小可。待大事商定，其餘救人等等，也只是舉手之勞。」定靜師太道：「卻不知是何大事？」

鍾鎮道：「那便是小弟適才所提，將五嶽劍派合而爲一之事了。」他口口聲聲自稱「小弟」，倒似五嶽劍派已合併爲一，而他是同一派的師弟。

定靜師太霍地站起，臉色發青，道：「你……你……你這……」鍾鎮微笑道：「師太千萬不可誤會，還道小弟乘人之危，逼師太答允此事。」定靜師太怒道：「你自己說了出來，就免得我說。你這不是乘人之危，那是甚麼？」鍾鎮道：「貴派是恆山派，敝派是嵩山派。貴派之事，敝派雖然關心，畢竟是刀劍頭上拚命之事。小弟自然願意爲師太效力，卻不知衆位師弟、師姪們意下如何。但若兩派合而爲一，是自己本派的事，便不容推委了。」

定靜師太道：「照你說來，如我恆山派不允與貴派合併，嵩山派對恆山弟子失陷之事，便要袖手旁觀了？」鍾鎮道：「話可也不是這麼說。小弟奉掌門師兄之命，趕來跟師太商議這件大事。其他的事嘛，未得掌門師兄命令，小弟可不敢胡亂行事。師太莫怪。」

定靜師太氣得臉都白了，冷冷的道：「兩派合併之事，貧尼可作不得主。就算是我答允了，我掌門師妹不允，也是枉然。」

鍾鎮上身移近尺許，低聲道：「只須師太答允了，到時候定閒師太非允不可。自來每一門每一派的掌門，十之八九由本門大弟子執掌。師太論德行、論武功、論入門先後，原當執掌恆山派門戶才是……」

定靜師太左掌倏起，啪的一聲，將板桌的一角擊落，厲聲道：「你這是想來挑撥離間嗎？我師妹出任掌門，原係我向先師力求，又向定閒師妹竭力勸說而致。定靜倘若要做掌門，當年早就做了，還用得著旁人來攛掇擺弄？」

鍾鎮嘆了口氣，道：「左師哥之言，果然不錯。」定靜師太道：「他說甚麼了？」鍾鎮道：「我此番南下之前，左師哥言道：『恆山派定靜師太人品甚好，武功也是極高，大家向來都是很佩服的，就可惜不識大體。』我問他這話怎麼說。他說：『我素知定靜師太為人，她生性清高，不愛虛名，又不喜理會俗務，你跟她去說五派合併之事，定會碰個老大釘子。只是這件事實在牽涉太廣，咱們是知其不可而為之。倘若定靜師太只顧一人享清閒之福，不顧正教中數千人的生死安危，那是武林的大劫難逃，卻也無可如何了。』」

定靜師太站起身來，冷冷的道：「你種種花言巧語，在我跟前全然無用。你嵩山派這等行逕，不但乘人之危，簡直是落井下石。」

鍾鎭道：「師太此言差矣。師太倘若瞧在武林同道的份上，肯毅然挑起重擔，促成我嵩山、恆山、泰山、華山、衡山五派合併，則我嵩山派必定力舉師太出任『五嶽派』掌門。可見我左師哥一心爲公，絕無半分私意……」

定靜師太連連搖手，喝道：「你再說下去，沒的污了我耳朵。」雙掌一起，掌力揮出，砰的一聲大響，兩扇木門板脫臼飛起。她身影晃動，便出了仙居客店。

出得門來，金風撲面，熱辣辣的臉上感到一陣清涼，尋思：「那姓鍾的說道，魔教在廿八鋪左近有一巢穴，本派的女弟子們都失陷在那裏。不知此言有幾分眞，幾分假？」她徬徨無策，踽踽獨行，其時月亮將沉，照得她一條長長的黑影映在青石板上。

走出數丈後，停步尋思：「單憑我一人之力，說甚麼也不能救出衆弟子了。古來英雄豪傑，無不能屈能伸。我何不暫且答允了那姓鍾的？待衆弟子獲救之後，我立即自刎以謝，教他落一個死無對證。就算他宣揚我無恥食言，一應污名，都由我定靜承擔便了。」

她一聲長嘆，回過身來，緩緩向仙居客店走去，忽聽得長街彼端有人大聲吆喝叫嚷：「你奶奶的，本將軍要喝酒睡覺，你奶奶的店小二，怎不快快開門？」正是昨日在仙霞嶺上所遇那參將吳天德的聲音。定靜師太一聽之下，便如溺水之人抓到了一條大木材。

令狐冲在仙霞嶺上助恆山派脫困，心下得意，快步趕路，到了廿八鋪鎮上。其時飯店剛打開門，他走進店去，大喝一聲：「拿酒來！」店小二見是一位將軍，何敢怠慢，斟酒做飯，殺鷄切肉，畢恭畢敬、戰戰兢兢的侍候他飽餐一頓。令狐冲喝得微醺，心想：「魔教這次大受挫折，定不甘心，十九又會去向恆山派生事。定靜師太有勇無謀，不是魔教對手，我暗中還得照顧著她們才是。」結了酒飯帳後，便到仙居客店中開房睡覺。

睡到下午，剛醒來起身洗臉，忽聽得街上有人大聲吆喝：「亂石崗黃風寨的強人今晚要來洗劫廿八鋪，逢人便殺，見財便搶。大家這便趕快逃命罷！」片刻之間，吆喝聲東邊西邊到處響起。店小二在他房門上擂得震天價響，叫道：「軍爺，大事不好！」

令狐冲道：「你奶奶的，甚麼大事不好？」店小二道：「軍爺，軍爺，亂石崗黃風寨的大王們，今晚要來洗劫。家家戶戶都在逃命了。」令狐冲打開房門，罵道：「你奶奶的，青天白日，朗朗乾坤，那有甚麼強盜了？本將軍在此，他們敢放肆麼？」店小二苦著臉道：「那些大王，可兇……兇狠得緊，他……他們又不知將軍你……你在這裏。」令狐冲道：「你去跟他們說去。」店小二道：「小……小人萬萬不敢去說，沒的讓強人將我腦袋瓜子砍了下來。」令狐冲道：「亂石崗黃風寨在甚麼地方？」店小二道：「亂石崗在甚麼地方，倒沒聽說過，只知道黃風寨的強人厲害之極。兩天之前，剛洗劫了廿八鋪東三十里的大榕頭，殺了六七十人，燒了一百多間屋子。將軍，你……你老人家雖武藝高強，可是雙拳難敵四手。山寨裏大王爺不算，單是小嘍囉便有三百多人。」

令狐冲罵道：「你奶奶的，三百多人便怎樣？本將軍在千軍萬馬的戰陣之中，可也七進七出，八進八出。」店小二道：「是！是！」轉身快步奔出。

外面已亂成一片，呼兒喚娘之聲四起。浙語閩音，令狐冲懂不了一成，料想都是些甚麼「阿毛的娘啊，你拿了被頭沒有？」甚麼「大寶，小寶，快走，強盜來啦！」之類。走到門外，只見已有數十人背負包裹，手提箱籠，向南逃去。

令狐冲心想：「此處是浙閩交界之地，杭州和福州的將軍都管不到，致令強盜作亂，爲害百姓。我泉州府參將吳天德大將軍既撞上了，可不能袖手不理，將那些強盜頭子殺了，也算立了功勞。這叫作食君之祿，忠君之事。你奶奶的，有何不可，哈哈！」想到此處，忍不住笑出聲來，叫道：「店小二，拿酒來！本將軍要喝飽了酒殺賊。」

但其時店中住客、掌櫃、掌櫃的大老婆、二姨太、三姨太，以及店小二、廚子都已紛紛奪門而出，唯恐走得慢了一步，給強人撞上了。令狐冲叫聲再響，也沒人理會。

令狐冲無奈，只得自行到灶下去取酒，坐在大堂上，自斟自飲，但聽得鷄鳴犬吠、馬嘶豬嚎之聲大作，料想是鎭人帶了牲口逃走。又過一會，聲息漸稀，再喝得三碗酒，一切惶急驚怖的聲音盡皆消失，鎮上更沒半點聲息。尋思：「這次黃風寨的強人運氣不好，不知如何走漏了風聲，待得來到鎮上時，可甚麼也搶不到了。」

這樣偌大一座鎮甸，只賸下他孤身一人，倒也是生平未有之奇。萬籟俱寂之中，忽聽得遠處馬蹄聲響，有四匹馬從南急馳而來。

令狐冲心道：「大王爺到啦，但怎地只這麼幾個人？」耳聽得四匹馬馳到了大街，馬蹄鐵和青石板相擊，發出錚錚之聲。一人大聲叫道：「廿八鋪的肥羊們聽著，亂石崗黃風寨的大王有令，男的女的老的小的，通統站到大門外來。在門外的不殺，不出來的一個個都砍了腦袋。」口中呼喝，縱馬在大街上奔馳而來。令狐冲從門縫中向外張望，四匹馬風馳而過，只見到馬上乘者的背影，心念一動：「這可不對了！瞧這四人騎在馬上的神態，顯然武功不弱。強盜窩中的小嘍囉，怎會有如此人物？」

推門出來，在空無一人的鎮上走出十餘丈，見一座土地廟側有株大槐樹，枝葉茂密，當即縱身而上，此時內力既盛，輕輕一躍便高過槐樹頂不少，緩緩落上枝幹，在最高的一根橫枝上坐下。四下裏更無半點聲息。他越等得久，越知其中必有蹊蹺，黃風寨先行的嘍囉來了這麼久，大隊人馬仍沒到來，難道是派幾名嘍囉先來通風報信，好讓鎮上百姓逃避一空？

直等了大半個時辰，才隱約聽到人聲，卻是嘰嘰喳喳的女子聲音。凝神聽得幾句，便知是恆山派衆人到了，心想：「她們怎地這時候方到？是了，她們日間定是在山野中休息過了。」耳聽得她們到仙居客店打門，又去另一家客店打門。南安客店和土地廟相距頗遠，恆山派衆人進了客店後幹些甚麼，說些甚麼，便聽不到了。他心下隱隱覺得：「這多半是魔教安排下陷阱，要讓恆山派上鉤。」當下仍隱身樹頂，靜以待變。

過了良久，見到儀清等七人出來點燈，大街上許多店鋪的窗戶中都透了燈光出來。又過一會，忽聽得東北角上有女子聲音大叫：「救命！」令狐冲一驚：「啊喲不好，恆山派的弟子中了魔教毒手。」當即從樹上躍下，奔到那女子呼救處的屋外。

從窗縫中向內張去，屋內並無燈火，窗中照入淡淡月光，見七八名漢子貼牆而立，一個女子站在屋子中間，大叫：「救命，救命，殺了人哪！」令狐冲只見到她側面，但見她臉上帶著微笑，神情奸險，顯是候人前來上鉤。

果然她叫聲未歇，外邊便有一個女子喝道：「甚麼人在此行兇？」那屋子大門並未關上，門一推開，便有七個女子竄了進來，當先一人正是儀清。這七人手中都執長劍，爲了救人，進來甚急。

突見那呼救的女子右手一揚，一塊約莫四尺見方的青布抖起，儀清等七人立時身子發顫，似是頭暈眼花，轉了幾個圈子，便即栽倒。令狐冲大吃一驚，心念電轉：「那女子手中這塊布上，定有厲害的迷魂毒藥。我若衝進去救人，定也著了她道兒，只有等著瞧瞧再說。」見貼牆而立的漢子一擁而上，取出繩子，將儀淸等七人手足都綁住了。

過不多時，外面又有聲響，一個女子尖聲喝道：「甚麼人在這裏？」令狐冲在過仙霞嶺時，曾和這個急性子的尼姑說過許多話，心知是儀和到了，心想：「你這人魯莽暴躁，這番又非變成一隻福建大粽子不可。」只聽得儀和又叫：「儀淸師妹，你們在這裏麼？」接著砰的一聲，大門踢開，儀和等人兩個一排，並肩齊入。一踏進門，便使開劍花，分別護住左右，以防敵人從暗中來襲。第七人卻倒退入內，使劍護住後路。

屋中衆人屏息不動，直等七人一齊進屋，那女子又展開靑布，將七人都迷倒了。跟著于嫂率領六人進屋，又給迷倒，前後二十一名恆山女弟子，盡數昏迷不醒，給綁縛了置在屋角。隔了一會，一個老者打了幾下手勢，衆人從後門悄悄退出。

令狐冲縱上屋頂，弓著身子跟去，正行之間，忽聽得前面屋上有衣襟帶風之聲，忙在屋脊邊一伏，便見十來名漢子互打手勢，分別在一座大屋的屋脊邊伏下，和他藏身處相距不過數丈。令狐冲溜牆輕輕下來，見定靜師太率領著三名弟子正向這邊趕來。令狐冲心道：「不好，這是調虎離山之計。留在客店中的尼姑可要糟糕。」遙遙望見幾個人影向南安客店急奔過去，正想趕去看個究竟，忽聽得屋頂上有人低聲道：「待會那老尼姑過來，你們七人在這裏纏住他。」這聲音正在他頭頂，令狐冲只須一移動身子，立時便給發覺，只得躲在牆角後貼牆而立。

耳聽得定靜師太踢開板門，大叫：「儀和、儀淸、于嫂，你們聽到我聲音嗎？」叫聲遠遠傳了過去，又見她繞屋奔行，跟著縱上屋頂，卻沒進屋察看。令狐冲心想：「她幹麼不進去瞧瞧？一進去便見到廿一名女弟子給人綁縛在地。」隨即省悟：「她不進去倒好。魔教人衆守在屋頂，只待她進屋，便即四下裏團團圍困，成了甕中捉鼈。」

眼見定靜師太東馳西奔，顯是六神無主，突然間她奔回南安客店，奔行奇速，身後三名女弟子追趕不上。但見街角邊轉出數人，靑布一揚，那三名女弟子又即栽倒，給人拖進了屋中，朦朧月光下隱約見那三人中似有儀琳在內。令狐冲心念一動：「是否須當即去救了儀琳小師妹出來？」隨即又想：「我此刻一現身，便是一場大打。恆山派這許多人給魔教擒住了，投鼠忌器，可不能跟他們正面相鬥，還是暗中動手的爲是。」

跟著便見定靜師太從南安客店中出來，又縱上屋頂，高聲叫罵，更大罵東方必敗，果然魔教人衆忍耐不住，有七人上前纏鬥。令狐冲看得幾招，尋思：「定靜師太劍術精湛，雖然以一敵七，一時不致落敗。我還是先去救了儀琳師妹的爲是。」

當下閃身進了那屋，只見廳堂中一人持刀而立，三個女子給綁住了，橫臥在地。令狐冲一躍而前，腰刀連鞘挺出，直刺其喉。那人尙未驚覺，已然送命。令狐冲不禁一呆：「我這一刀怎地如此快法？手剛伸出，刀鞘已戳中了他咽喉要害？」自己也不知自從修習了「吸星大法」之後，桃谷六仙、不戒和尙、黑白子等人留在他體內的眞氣已盡爲其用，高強內力再加獨孤九劍，那便勢不可當。他原意是這刀刺出，敵人舉刀封擋，刀鞘便戳他雙腿，教他栽倒在地，然後救人，不料對方竟無絲毫招架還手的餘暇，一下便制了他死命。

令狐冲心下微有歉意，拖開死屍，低頭看去，果見地下所臥的三個女子中有儀琳在內，伸手探她鼻息，呼吸調勻，除了昏迷不醒之外並無他礙，當即到灶下取了一杓冷水，潑了少許在她臉上。

過得片刻，儀琳嚶嚀一聲，醒了轉來。她初時不知身在何地，微微睜眼，突然省悟，當即躍起，想去摸身邊長劍時，才知手足被縛，險些重又跌倒。

令狐冲道：「小師太，別怕，那壞人已給本將軍殺了。」拔刀割斷了她手足上繩索。儀琳在黑暗中乍聞他聲音，依稀便是自己日思夜想的那個「令狐師兄」，又驚又喜，叫道：「你……你是令狐師……」這個「兄」字沒說出口，便覺不對，只羞得滿臉通紅，囁嚅道：「你……你是誰？」

令狐冲聽她已將自己認了出來，卻又改口，低聲道：「本將軍在此，那些小毛賊不敢欺侮你們。」儀琳道：「啊，原來是吳將軍。我……我師伯呢？」令狐冲道：「她在外邊和敵人交戰，咱們便過去瞧瞧。」儀琳道：「鄭師姊、秦師妹……」從懷中摸出火摺晃亮了，見二人臥在地下，說道：「嗯，她們都在這裏。」忙去割斷她們手足上的繩索，取冷水潑醒了二人。令狐冲道：「咱們快去幫定靜師太要緊。」儀琳、鄭萼、秦絹三人齊道：「正是。」

令狐冲轉身出外，儀琳和鄭萼、秦絹跟在他身後。沒走出幾步，只見七個人影如飛般竄了出去，跟著便聽得叮叮噹噹的擊落暗器之聲，又聽得有人大聲稱讚定靜師太劍法高強，定靜師太認出對方是嵩山派的人物，不久見定靜師太隨著十幾名漢子走入仙居客店。令狐冲向儀琳等三人招招手，跟著潛入客店，站在窗外偷聽。

只聽到定靜師太在屋中和鍾鎮說話，那姓鍾的口口聲聲要定靜師太先行答允恆山派贊同併派，才能助她去救人。令狐冲聽他乘人之危，不懷好意，心下暗暗生氣，又聽得定靜師太越說越怒，獨自從店中出來。

令狐冲待定靜師太走遠，便去仙居客店外打門大叫：「你奶奶的，本將軍要喝酒睡覺，你奶奶的店小二，怎不快快開門？」

定靜師太正當束手無策之際，聽得這冒牌將軍呼喝，心下大喜，當即搶上。鄭萼、秦絹和儀琳迎了上去。秦絹眼眶含淚，叫道：「師父！」定靜師太又是一喜，忙問：「剛才你們在那裏？」鄭萼道：「弟子們給魔教妖人擒住了，是這位將軍救了我們……」這時令狐冲已推開店門，走了進去。定靜師太等也跟了進去。

大堂上點了兩枝明晃晃的蠟燭。鍾鎮坐在正中椅上，陰森森的道：「甚麼人在這裏大呼小叫，給我滾了出去。」

令狐冲破口大罵：「你奶奶的，本將軍乃堂堂朝廷命官，你膽敢出言衝撞？掌櫃的，老闆娘，店小二，大家快快都給我滾出來！」

嵩山派諸人聽他罵了兩句後，便大叫掌櫃的、老闆娘，顯是色厲內荏，心中已大存怯意，都覺好笑。鍾鎮心想正有大事在身，半夜裏卻撞來了這狗官，低聲道：「把這傢伙點倒了，可別傷他性命。」錦毛獅高克新點了點頭，笑嘻嘻走上前去，說道：「原來是一位官老爺，這可失敬了。」

令狐冲道：「你知道了就好，你們這些蠻子老百姓，就是不懂規矩……」高克新笑道：「是，是！」閃身上前，伸出食指，往令狐冲腰間戳去。令狐冲見到他出指的方位，急運內息，鼓於腰間。高克新這指正中令狐冲「笑腰穴」，對方本當大笑一陣，隨即昏暈。不料令狐冲只嘻的一笑，說道：「你這人沒規沒矩，動手動腳的，跟本將軍開甚麼玩笑？」

高克新大爲詫異，第二指又即點出，這一次勁貫食指，已使上了十成力。令狐冲哈哈一笑，跳了起來，笑罵：「你奶奶的，在本將軍腰裏摸啊摸的，想偷銀子呢，還是瞧中了本將軍一表人才？你這傢伙相貌堂堂，卻幹麼不學好？」

高克新左手一翻，已抓住了令狐冲右腕，向右急甩，要將他拉倒在地。不料手掌剛和他手腕相觸，自己內力立時從掌心中傾瀉而出，再也收束不住，不由得驚怖異常，想要大叫，可是張大了口，卻發不出半點聲息。

令狐冲察覺對方內力正注向自己體內，便如當日自己抓住了黑白子手腕的情形一般，心下一驚：「這邪法可不能使用。」當即用力一甩，摔脫了他手掌。

高克新猶如遇到皇恩大赦，一呆之下，向後縱開，只覺全身軟綿綿的恰似大病初愈，叫道：「吸星大法，吸……吸星大法！」聲音嘶啞，充滿了惶懼之意。鍾鎮、滕八公和嵩山派諸弟子同時躍起，齊問：「甚麼？」高克新道：「這……這人會使吸……吸星大法。」

霎時間青光亂閃，鏘鏘聲響，各人長劍出鞘，神鞭滕八公手握的卻是一條軟鞭。鍾鎮劍法最快，寒光一顫，劍尖便已疾刺令狐冲咽喉。

當高克新張口大叫之時，令狐冲便料到嵩山派諸人定會一擁而上，向自己攢刺，眼見衆人長劍出手，當即取下腰刀，連刀帶鞘當作長劍使用，手腕抖動，向各人手背上點去。但聽得嗆啷、嗆啷響聲不絕，長劍落了一地。鍾鎮武功最高，手背雖給他刀鞘頭刺中，長劍卻不落地，驚駭之下，向後躍開。滕八公可狼狽了，鞭柄脫手，那軟鞭卻倒捲上來，捲住了他頭頸，箍得他氣也透不過來。

鍾鎮背靠牆壁，臉上已無半點血色，說道：「江湖上盛傳，魔教前任教主復出，你……你……便是任教主……任我行麼？」

令狐冲笑道：「他奶奶的甚麼任我行，任你行，任他行，本將軍坐不改姓，行不改名，姓吳，官諱天德的便是。你們卻是甚麼崗、甚麼寨的小毛賊啊？」

鍾鎮雙手一拱，道：「閣下重臨江湖，鍾某自知不是敵手，就此別過。」縱身躍起，破窗而出。滕八公和高克新跟著躍出，餘人一一從窗中飛身出去，滿地長劍，誰也不敢去拾。

令狐冲左手握刀鞘，右手握刀柄，作勢連拔數下，那把刀始終拔不出來，說道：「這把寶刀可真鏽得厲害，明兒得找個磨剪刀的，給打磨打磨才行。」

定靜師太合什道：「吳將軍，咱們去救了幾個女徒兒出來如何？」

令狐冲料想鍾鎮等人一去，再也沒人抵擋得住定靜師太的神劍，說道：「本將軍要在這裏喝幾碗酒，老師太，你也喝一碗麼？」

儀琳聽他又提到喝酒，心想：「這位將軍倘若遇到令狐師兄，二人倒是一對酒友。」妙目向他偷看過去，卻見這將軍的目光也在向她凝望，臉上微微一紅，便低下了頭。

定靜師太道：「恕貧尼不飲酒，將軍，少陪了！」合什行禮，轉身而出。

鄭萼等三人跟著出去。將出門口時，儀琳忍不住轉頭又向他瞧了一眼，只見他起身找酒，大聲呼喝：「他奶奶的，這客店裏的人都死光了，這會兒還不滾出來。」她心中想：「聽他口音，似乎有點兒像令狐師兄。但這位將軍出口粗俗，每一句話都帶個他甚麼的，令狐師兄決不會這樣，他武功也比令狐師兄高得多了。我……我居然會這樣胡思亂想，唉，當眞……」

令狐冲找到了酒，將嘴就在酒壺上喝了半壺，心想：「這些尼姑、婆娘、姑娘們就要回來，嘰嘰喳喳、囉囉唆唆的說個沒完沒了，一個應付不當，可別露出了馬腳，還是溜之大吉的爲妙。將這些人一個個的救醒來，總得花上小半個時辰，肚子可餓得狠了，先得找些吃的。」

將一壺酒喝乾，走到灶下想去找些吃的，忽聽得遠遠傳來秦絹尖銳的叫聲：「師父，你在那裏？」聲音大是惶急。

令狐冲急衝出店，循聲而前，只見鄭萼、儀琳、秦絹三人站在長街上，大叫：「師伯，師父！」令狐冲問道：「怎麼啦？」鄭萼道：「我和儀琳師妹、秦師妹去找尋受縛的衆師姊們，豈知這麼一忙亂，可又……不知師伯她老人家到那裏去啦。」

令狐冲眼見鄭萼不過二十一二歲，秦絹年齡更稚，只十五六歲年紀，心想：「這些年輕姑娘毫沒見識，恆山派派她們出來幹甚麼？」微笑道：「我知道她們在那裏，你們跟我來。」快步向東北角上那間大屋走去，到得門外，飛腳踢開大門，生怕那女子還在裏面，又抖迷魂藥害人，說道：「你們用手帕掩住口鼻，裏面有個臭婆娘會放毒。」左手揑住鼻孔，嘴唇緊閉，直衝進屋，一進大堂，不禁呆了。

本來大堂中躺滿了恆山派女弟子，這時卻已影蹤全無。他「咦」的一聲，見桌上有隻燭台，晃火摺點著了，廳堂中空蕩蕩地，那裏還有人在？在大屋各處搜了一遍，沒見到絲毫端倪，叫道：「這又奇哉怪也！」

鄭萼、儀琳、秦絹三人眼睜睜的望著他，臉上盡是疑色。令狐冲道：「他奶奶的，你們這許多師姊們，都給一個會放毒的婆娘迷倒了，給綁了放在這裏，個個變成了福建粽子，只這麼一轉眼功夫，怎地都不見啦？」鄭萼問道：「吳將軍，你見到我們那些師姊，是給迷倒在這裏的麼？」令狐冲道：「昨晚我睡覺發夢，親眼目睹，見到許多尼姑婆娘，橫七豎八的在這廳堂上躺了一地，怎會有錯？」鄭萼道：「你……你……」她本想說你做夢見到，怎作得準？但知他喜歡信口胡言，說是發夢，其實是親眼見到，當即改口道：「你想她們都到那裏去了啦？」

令狐冲沉吟道：「說不定甚麼地方有大魚大肉，她們都去大吃大喝了，又或者甚麼地方做戲文，她們在看戲。」招招手道：「你們三個小妞兒，最好緊緊跟在我身後，不可離開，要吃肉看戲，卻也不忙在一時。」

秦絹年紀雖少，卻也知情勢凶險，衆師姊都已落入了敵手，這將軍瞎說一通，全當不得眞，恆山派數十人出來，只剩下了自己三個年輕弟子，除了聽從這位將軍吩咐之外，別無其他計較，當下和儀琳、鄭萼二人跟著他走到門外。

令狐冲自言自語：「難道我昨晚這個夢發得不準，眼花看錯了人？今晚非得再好好做過一個夢不可。」心下尋思：「這些女弟子就算給人擄了去，怎麼定靜師太也突然失了蹤跡？只怕她落了單，遭了敵人暗算，該當立即去追尋才是。儀琳她們三個年輕女子倘若留在廿八鋪，卻大大不妥，只得帶了她們同去。」說道：「咱們左右也沒甚麼事，這就去找找你們的師伯，看她在那裏玩兒，你們說好不好？」

鄭萼道：「那好極了！將軍武藝高強，見識過人，若不是你帶領我們去找，只怕難以找到。」令狐冲笑道：「『武藝高強、見識過人』，這八個字倒說得不錯。本將軍將來掛帥平番，升官發財，定要送一百兩白花花的銀子，給你們三個小妞兒買新衣服穿。」

他信口開河，將到廿八鋪盡頭，躍上屋頂，四下張望。其時朝暾初上，白霧瀰漫，樹梢上煙霧靄靄，極目遠眺，兩邊大路上一個人影也無。突然見到南邊大路上有一件青色物事，相距遠了，看不清楚。但一條大路空蕩蕩地，路中心放了這樣一件物事，顯得頗爲觸目。他縱身下屋，發足奔去，拾起那物，卻是一隻青布女履，似乎便和儀琳所穿的相同。

他等了一會，儀琳等三人跟著趕到。他將那女履交給儀琳，問道：「是你的鞋子嗎？怎麼落在這裏？」儀琳接過女履，明知自己腳上穿著鞋子，還是不自禁的向腳下瞧了一眼，見兩隻腳上好端端都穿著鞋子。鄭萼道：「這……這是我們師姊妹穿的，怎麼會落在這裏？」秦絹道：「定是那一位師姊給敵人擄去，在這裏掙扎，鞋子落了下來。」鄭萼道：「也說不定她故意留下一隻鞋子，好讓我們知道。」令狐冲道：「不錯，你也武藝高強、見識過人。咱們該向南追，還是向北？」鄭萼道：「自然是向南了。」

令狐冲發足向南疾奔，頃刻間便在數十丈外，初時鄭萼她們三人還和他相距不遠，後來便相距甚遠。令狐冲沿途察看，不時轉頭望著她們三人，唯恐相距過遠，救援不及，這三人又給敵人擄了去，奔出里許，便住足等候。

待得儀琳等三人追了上來，又再前奔，如此數次，已奔出了十餘里。眼見前面道路崎嶇，兩旁樹木甚多，若敵人在轉彎處設伏，將儀琳等擄去，那可救援不及，又見秦絹久奔之下，已然雙頰通紅，知她年幼，不耐長途奔馳，便放慢了腳步，大聲道：「他奶奶的，本將軍足登皮靴，這麼快跑，皮靴磨穿了底，可還眞有些捨不得，咱們慢慢走罷。」

四人又走出七八里路，秦絹突然叫道：「咦！」奔到一叢灌木之下，拾起了一頂青布帽子，正是恆山派衆女尼所戴的。鄭萼道：「將軍，我們那些師姊確是給敵人擄了，從這條路上去的。」三名女弟子見走對了路，當下加快腳步，令狐冲反落在後面。

中午時分，四人在一家小飯店打尖。飯店主人見一個將軍帶了一名小尼姑、兩個年輕姑娘同行，甚是詫異，側過了頭不住打量。令狐冲拍桌罵道：「你奶奶的，有甚麼好看？和尚尼姑沒見過麼？」那漢子道：「是，是！小人不敢。」

鄭萼問道：「這位大叔，你可見到好幾個出家人，從這裏過去嗎？」那漢子道：「好幾個是沒有，一個倒是有的。有一個老師太，可比這小師太年紀老得多了……」令狐冲喝道：「囉裏囉唆！一位老師太，難道還會比小師太年紀小？」那漢子道：「是。」鄭萼忙問：「那老師太怎樣啦？」那漢子道：「那老師太匆匆忙忙的問我，可見到有好幾個出家人，從這條路上過去。我說沒有，她就奔下去了。唉，這樣大的年紀，奔得可眞快了，手裏還拿著一把明晃晃的寶劍，倒像是戲台上做戲的。」

秦絹拍手道：「那是師父了，咱們快追。」令狐冲道：「不忙，吃飽了再說。」四人匆匆吃了飯，臨去時秦絹買了四個饅頭，說要給師父吃。令狐冲心中一酸：「她對師父如此孝心，我雖欲對師父盡孝，卻不可得。」

可是直趕到天黑，始終沒見到定靜師太和恆山派衆人的蹤跡。一眼望去盡是長草密林，道路越來越窄，又走一會，草長及腰，到後來路也不大看得出了。

突然之間，西北角上隱隱傳來兵刃相交之聲。

令狐冲叫道：「那裏有人打架，可有熱鬧瞧了。」秦絹道：「啊喲，莫不是我師父？」令狐沖循聲奔去，奔出數十丈，眼前忽地大亮，十數枝火把高高點起，兵刃相交之聲卻更加響了。

他加快腳步，奔到近處，只見數十人點了火把，圍成個圈子，圈中一人大袖飛舞，長劍霍霍，力敵七人，正是定靜師太。圈子之外躺著數十人，一看服色，便知是恆山派的衆女弟子。令狐沖見對方個個都蒙了面，當下一步步走近。衆人都在凝神觀鬥，一時誰也沒發見他。令狐沖哈哈大笑，叫道：「七個打一個，有甚麼味兒？」

一衆蒙面人見他突然出現，都是一驚，回頭察看。只有正在激鬥的七人恍若不聞，仍圍著定靜師太，諸般兵刃往她身上招呼。令狐沖見定靜師太布袍上已有好幾攤鮮血，連臉上也濺了不少血，同時左手使劍，顯然右手受傷。

這時人叢中有人呼喝：「甚麼人？」兩條漢子手挺單刀，躍到令狐沖身前。

令狐沖喝道：「本將軍東征西戰，馬不停蹄，天天就是撞到你們小毛賊。來將通名，本將軍刀下不斬無名之將。」一名漢子笑道：「原來是個渾人。」揮刀向令狐沖腿上砍來。令狐沖叫道：「啊喲，眞的動刀子嗎？」身子一晃，衝入戰團，提起刀鞘，啪啪啪連響七下，分別擊中七人手腕，七件兵器紛紛落地。跟著嗤的一聲響，定靜師太一劍揷入了一名敵人胸膛。那人突遭擊落兵刃，駭異之下，不及閃避定靜師太這迅如雷電的一劍。

定靜師太身子晃了幾下，再也支持不住，一交坐倒。

秦絹叫道：「師父，師父！」奔過去想扶她起身。

一名蒙面人舉起單刀，架在一名恆山派女弟子頸中，喝道：「退開三步，否則我一刀先殺了這女子！」

令狐冲笑道：「很好，很好，退開便退開好了，有甚麼希奇？別說退開三步，三十步也行。」腰刀忽地遞出，刀鞘頭戳在他胸口。那人「啊喲」一聲大叫，身子向後直飛出去。令狐冲沒料到自己內力竟如此強勁，卻也一呆，順手揮過刀鞘，噼噼啪啪幾聲響，擊倒了三名蒙面漢子，喝道：「你們再不退開，我將你們一一擒來，送到官府裏去，每個人打你奶奶的屁股三十大板。」

蒙面人的首領見到他武功之高，簡直匪夷所思，拱手道：「衝著任教主的金面，我們且讓一步。」左手一揮，喝道：「魔教任教主在此，大家識相些，這就走罷！」眾人抬起一具死屍和給擊倒的四人，拋下火把，向西北方退走，頃刻間都隱沒在長草之中。

秦絹將本門治傷靈藥服侍師父服下。儀琳和鄭萼分別解開眾師姊綁縛。四名女弟子拾起地下火把，圍在定靜師太四周。眾人見她傷重，都臉有憂色，默不作聲。

定靜師太胸口不住起伏，緩緩睜開眼來，向令狐冲道：「你……你果眞便是當年……當年魔教的……教主任……我行麼？」令狐冲搖頭道：「不是。」定靜師太目光茫然無神，出氣多，入氣少，顯然已難支持，喘了幾口氣，突然厲聲道：「你若是任我行，我恆山派縱然一敗塗地，盡……盡數覆滅，也不……不要……」說到這裏，一口氣已接不上來。令狐冲見她命在垂危，不敢再胡說八道，說道：「在下這一點兒年紀，難道會是任我行麼？」定靜師太問道：「那麼你爲甚麼……爲甚麼會使吸星妖法？你是任我行的弟子……」

令狐冲想起在華山時師父、師娘日常說起的魔教種種惡行，這兩日來又親眼見到魔教偷襲恆山派的鬼蜮伎倆，說道：「魔教爲非作歹，在下豈能與之同流合污？那任我行決不是我師父。師太放心，在下的恩師人品端方，行俠仗義，乃武林中衆所欽仰的前輩英雄，跟師太也頗有淵源。」

定靜師太臉上露出一絲笑容，斷斷續續的道：「那……那我就放心了。我……我是不成的了，相煩足下將恆山派……這……這些弟子們，帶……帶……」她說到這裏，呼吸急促，隔了一陣，才道：「帶到福州無相庵中……安頓，我掌門師妹……日內……就會趕到。」

令狐冲道：「師太放心，你休養得幾天，就會痊可。」定靜師太道：「你……你答允了嗎？」令狐冲見她雙眼凝望著自己，滿臉是企盼之色，唯恐自己不肯答允，便道：「師太如此吩咐，自當照辦。」定靜師太微微一笑，道：「阿彌陀佛，這副重擔，我……

……我本來……本來是不配挑的。少俠……你到底是誰？」

令狐冲見她眼神渙散，呼吸極微，已命在頃刻，不忍再瞞，湊嘴到她耳邊，悄聲道：「定靜師伯，晚輩便是華山派門下棄徒令狐冲。」

定靜師太「啊」的一聲，道：「你……你……多謝少俠……」顫巍巍的伸手抓住了他手，目光中盡是感激之意，忽然一口氣轉不過來，就此氣絕。

令狐冲叫道：「師太，師太。」探她鼻息，呼吸已停，不禁淒然。恆山派羣弟子放聲大哭，荒原之上，一片哀聲。幾枝火把掉在地下，逐次熄滅，四周登時黑沉沉地。

令狐冲心想：「定靜師太也算得一代高手，卻遭宵小所算，命喪荒郊。她是個與人無爭的出家老尼，魔教卻何以總是放她不過？」突然間心念一動：「那蒙面人的首腦臨去之時，叫道：『魔教任教主在此，大家識相些，這就去罷！』魔教中人自稱本教爲『日月神教』，聽到『魔教』二字，認爲是污辱之稱，往往便因這二字稱呼，就此殺人。他既說『魔教』，便決不是魔教中人。況且，這人若是魔教中的首腦人物，又怎會不認得任教主，卻錯認了我？那麼這一夥人到底是甚麼來歷？」耳聽得衆弟子哭聲甚悲，當下也不去打擾，倚在一株樹旁，片刻便睡著了。

次晨醒來，見幾名年長的弟子在定靜師太屍身旁守護，年輕的姑娘、女尼們大都蜷縮著身子，睡在其旁。令狐冲心想：「要本將軍帶領這一批女人趕去福州，當眞古裏古怪、不倫不類之至。好在我本來也要去福州見師父、師娘，帶領是不必了，我沿途保護便是。」當下咳嗽一聲，走將過去。

儀和、儀清、儀質、儀眞等幾名爲首的弟子都向他合什行禮，說道：「貧尼等俱蒙大俠搭救，大恩大德，無以爲報。師父不幸遭難，圓寂之際重託大俠，此後一切還望吩咐指點，自當遵行。」她們都不再叫他作將軍，自然明白他這將軍是個冒牌貨了。

令狐冲道：「甚麼大俠不大俠，難聽得很。你們如果瞧得起我，還是叫我將軍好了。」儀和等互望了一眼，都只得點頭。令狐冲道：「我前晚發夢，夢見你們給一個婆娘用毒藥迷倒，都躺在一間大屋之中。後來怎地到了這裏？」

儀和道：「我們給迷倒後人事不知，後來那些賊子用冷水澆醒了我們，鬆了我們腳下綁縛，從鎭後小路上繞了出來，一路足不停步的拉著我們快奔。走得慢一步的，這些賊子便用鞭子抽打。天黑了仍然不停，後來師父追來，他們便圍住了師父，叫她投降……」說到這裏，喉頭哽咽，哭了出來。

令狐冲道：「原來另外有條小路，怪不得片刻之間，你們便走了個沒影沒蹤。」

儀清道：「將軍，我們想眼前的第一件大事，是火化師父的遺體。此後如何行止，還請示下。」令狐冲搖頭道：「和尚尼姑們的事情，本將軍一竅不通，要我吩咐示下，當眞瞎纏三官經了。本將軍升官發財，最是要緊，這就去也！」邁開大步，疾向北行。

眾弟子大叫：「將軍，將軍！」令狐冲那去理會？

他轉過山坡後，便躲在一株樹上，直等了兩個多時辰，才見恆山一眾女弟子悲悲切切的上路。他遠遠跟在後面，暗中保護。

令狐冲到了前面鎮甸投店，尋思：「我已跟魔教人眾及嵩山派那些傢伙動過手。泉州府參將吳天德這副大鬍子模樣，在江湖上不免已有了點兒小小名聲。他奶奶的，老子這將軍只好不做啦！」當下將店小二叫了進來，取出二兩銀子，買了他全身衣衫鞋帽，說道要改裝之後，辦案拿賊，囑咐他不得洩漏風聲，倘若教江洋大盜跑了，回來捉他去抵數。

次日行到僻靜處，換上了店小二的打扮，扯下滿腮虬髯，連同參將的衣衫皮靴、腰刀文件，一古腦兒的掘地埋了，想到從此不能再做「將軍」，一時竟有點茫然若失。

兩日之後，在建寧府兵器鋪中買了一柄長劍，裹在包袱之中。

且喜一路無事，令狐冲直到眼見恆山派一行進了福州城東的一座尼庵，那尼庵的匾額確是寫著「無相庵」三字，這才噓了一口長氣，心想：「這副擔子總算是交卸了。我答允定靜師太，將她們帶到福州無相庵，帶雖沒帶，這可不都平平安安的進了無相庵麼？」

圖中所繪達摩左手放在背後，似是揑著個劍訣，右手食指指向屋頂。白髮老者雙掌對準了圖中達摩食指所指之處，掌發勁力，擊向屋頂。一團紅色物事從屋頂洞中飄了下來。

二四　蒙冤

令狐冲轉身走向大街，向行人打聽了福威鏢局的所在，一時卻不想便去，只在街巷間漫步而行。到底是不敢去見師父、師娘呢，還是不敢親眼見到小師妹和林師弟現下的情狀，可也說不上來，自己找尋藉口拖延，似乎挨得一刻便好一刻。突然之間，一個極熟悉的聲音鑽進耳中：「小林子，你到底陪不陪我去喝酒？」

令狐冲登時胸口熱血上湧，腦中一陣暈眩。他千里迢迢的來到福建，爲的就是想聽到這聲音，想見到這聲音主人的臉龐。可是此刻當眞聽見了，卻不敢轉過頭去。霎時之間，竟似泥塑木彫般呆住了，淚水湧到眼眶之中，望出來模糊一片。

只這麼一個稱呼，這麼一句話，便知小師妹跟林師弟親熱異常。

只聽林平之道：「我沒功夫。師父交下來的功課，我還沒練熟呢。」岳靈珊道：

「這三招劍法容易得緊。你陪我喝了酒，我就教你其中的竅門，好不好呢？」林平之道：「師父、師娘吩咐，要咱們這幾天別在城裏胡亂行走，以免招惹是非。我說呢，咱們還是回去罷。」岳靈珊道：「難道街上逛一逛也不許麼？我就沒見到甚麼武林人物。再說，就是有江湖豪客到來，咱們跟他河水不犯井水，又怕甚麼了？」兩人說著漸漸走遠。

令狐冲慢慢轉過身來，只見岳靈珊苗條的背影在左，林平之高高的背影在右，二人並肩而行。岳靈珊穿件湖綠衫子，翠綠裙子。林平之穿的是件淡黃色長袍。兩人衣履鮮潔，單看背影，便是一雙才貌相當的璧人。令狐冲胸口便如有甚麼東西塞住了，幾乎氣也透不過來。他和岳靈珊一別數月，雖思念不絕，但今日一見，才知對她相愛之深。他手按劍柄，恨不得抽出劍來，就此橫頸自刎。突然之間，眼前一黑，只覺天旋地轉，一交便坐倒在街上。

過了好一會，他定了定神，慢慢站起，腦中兀自暈眩，心想：「我是永遠不能跟他二人相見的了。徒自苦惱，復有何益？今晚我暗中去瞧一瞧師父師娘，留書告知，任我行重入江湖，要與華山派作對，此人武功奇高，要他兩位老人家千萬小心。我也不必留下名字，從此遠赴異域，再不踏入中原一步。」回到店中呼酒而飲。大醉之後，和衣倒在床上便睡。

睡到中夜醒轉，越牆而出，逕往福威鏢局而去。鏢局建構宏偉，極是易認。見鏢局中燈火盡熄，更沒半點聲息，心想：「不知師父、師娘住在那裏？此刻當已睡了。」

便在此時，只見左邊牆頭人影一閃，一條黑影越牆而出，瞧身形是個女子，這女子向西南角上奔去，所使輕功正是本門身法。令狐冲提氣追了上去，瞧那背影，依稀便是岳靈珊，心想：「小師妹半夜三更卻到那裏去？」

但見岳靈珊挨在牆邊，快步而行，令狐冲好生奇怪，跟在她身後四五丈遠，腳步輕盈，沒讓她聽到半點聲息。福州城中街道縱橫，岳靈珊東一轉，西一彎，這條路顯是平素走慣了的，在岔路上沒半分遲疑，奔出二里有餘，在一座石橋之側轉入了一條小巷。

令狐冲飛身上屋，見她走到小巷盡頭，縱身躍進一間大屋牆內。大屋黑門白牆，牆頭盤著一株老藤，屋內好幾處窗戶中都透出光來。

岳靈珊走到東邊廂房窗下，湊眼到窗縫中向內一張，突然吱吱吱的尖聲鬼叫。

令狐冲本來料想此處必是敵人所居，她是前來窺敵，突然聽到她尖聲叫了起來，大出意料之外，但一聽到窗內那人說話之聲，便即恍然。

窗內那人說道：「師姊，你想嚇死我麼？嚇死了變鬼，最多也不過和你一樣。」

岳靈珊笑道：「臭林子，死林子，你罵我是鬼，小心我把你心肝挖了出來。」林平之道：「不用你來挖，我自己挖給你看。」岳靈珊笑道：「好啊，你跟我說風話，我這就告訴娘去。」林平之笑道：「師娘要是問你，這句話我是在甚麼時候、甚麼地方說的，你怎生回答？」岳靈珊道：「我便說是今日午後，在練劍場上說的。你不用心練劍，卻儘跟我說這些閒話。」林平之道：「師娘一惱，定然把我關了起來，三個月不能見你面。」岳靈珊道：「呸！我希罕麼？不見就不見！喂，臭林子，你還不開窗，幹甚麼啦？」

林平之長笑聲中，呀的一聲，兩扇木窗推開。岳靈珊縮身躲在一旁。林平之自言自語：「我還道是師姊來了，原來沒人。」作勢慢慢關窗。岳靈珊縱身從窗中跳進。

令狐冲蹲在屋角，聽著兩人一句句調笑，渾不知自己是否尚在人世，只盼一句也不聽見，偏偏每一句話都清清楚楚的鑽入耳來。但聽得廂房中兩人笑作一團。

窗子半掩，兩人的影子映上窗紙，兩個人頭相偎相倚，笑聲卻漸漸低了。

令狐冲輕輕嘆了口氣，正要掉頭離去。忽聽得岳靈珊說道：「這麼晚還不睡，幹甚麼來著？」林平之道：「我在等你啊。」岳靈珊笑道：「呸，說謊也不怕掉了大牙，你怎知我會來？」林平之笑道：「山人神機妙算，心血來潮，屈指一算，便知我的好師姊要大駕光臨。」岳靈珊道：「我知道啦，瞧你房中亂成這個樣子，定是又在找那部劍譜了，是不是？」

令狐冲已然走出幾步，突然聽到「劍譜」二字，心念一動，又回轉身來。只聽得林平之道：「幾個月來，這屋子也不知給我搜過幾遍了，連屋頂上瓦片也都一張張翻過了，就差著沒將牆上的磚頭拆下來瞧瞧……啊，師姊，這座老屋反正也沒甚麼用了，咱們眞的將牆頭都拆開來瞧瞧，好不好？」岳靈珊道：「這是你林家的屋子，拆也好，不拆也好，你問我幹甚麼？」林平之道：「是林家的屋子，就得問你。」岳靈珊道：「爲甚麼？」林平之笑道：「不問你問誰啊？難道你……你將來不姓……不姓我這個……哼……哼……嘻嘻。」岳靈珊笑罵：「臭林子，死林子，你討我便宜是不是？」又聽得啪啪作響，顯是她在用手拍打林平之。

他二人在屋內調笑，令狐冲心如刀割，本想即行離去，但那辟邪劍譜卻與自己有莫大干係。林平之的父母臨死之時，有幾句遺言要自己帶給他們兒子，其時只自己一人在側，由此便蒙了冤枉。偏生自己後來得風太師叔傳授，學會了獨孤九劍的神妙劍法，華山門中，人人都以爲自己呑沒了辟邪劍譜，連素來知心的小師妹也大加懷疑。平心而論，此事原也怪不得旁人，自己上思過崖那日，還曾與師娘對過劍來，便擋不住那「無雙無對，寧氏一劍」，可是在崖上住得數月，突然劍術大進，而這劍法又與本門劍法大不相同，若不是自己得了別派的劍法秘笈，怎能如此？而這別派的劍法秘笈，若不是林家的辟邪劍譜，又會是甚麼？

他身處嫌疑之地，只因答允風太師叔決不洩漏他的行跡，當眞有口難辯。中夜自思，師父所以將自己逐出門牆，處事如此決絕，雖說由於自己與魔教妖人交結，但另一重要原因，多半認定自己呑沒辟邪劍譜，行止卑鄙，不容再列於華山派門下。此刻聽到岳、林二人談及劍譜，雖然他二人親暱調笑，也當強忍心酸，聽個水落石出。

只聽得岳靈珊道：「你已找了幾個月，既然找不到，劍譜自然不在這兒了，還拆牆幹甚麼？大師哥……大師哥隨口一句話，你也作得眞的？」令狐冲又是心中一痛：「她居然還叫我『大師哥』！」林平之道：「大師哥傳我爹爹遺言，說道向陽巷老宅中的祖先遺物，不可妄自翻看。我想那部劍譜，縱然是大師哥借了去，暫不歸還……」令狐冲黯然冷笑，心道：「你倒說得客氣，不說我吞沒，卻說是借了去暫不歸還，哼哼，那也不用如此委婉其詞。」

只聽林平之接著道：「但想『向陽巷老宅』這五個字，卻不是大師哥所能編造得出的，定是我爹爹媽媽的遺言。大師哥和我家素不相識，又從沒來過福州，不會知道福州有個向陽巷，更不會知道我林家祖先的老宅是在向陽巷。即使福州本地人，知道的也不多。」岳靈珊道：「就算確是你爹爹媽媽的遺言，那又怎樣？」

林平之道：「大師哥轉述我爹爹的遺言，又提到『翻看』兩字，那自不會翻看甚麼四書五經，或是甚麼陳年爛帳，想來想去，必與劍譜有關。我想，爹爹遺言中既提到向陽巷老宅，即使劍譜早已不在，在這裏當也能發現一些端倪。」

岳靈珊道：「那也說得是。這些日子來，我見你總是精神不濟，晚上又不肯在鏢局子裏睡，定要回到這裏，我不放心，因此過來瞧瞧。原來你白天練劍，又要強打精神陪我，晚間卻在這裏掏窩子。」

林平之淡淡一笑，隨即嘆了口氣，道：「我爹爹媽媽死得好慘，我若找到了劍譜，能以林家祖傳劍法手刃仇人，方得慰爹爹媽媽在天之靈。」

岳靈珊道：「不知大師哥此刻在那裏？我能見到他就好了，定要代你向他索還劍譜。他劍法早已練得高明之極，這劍譜也該當物歸原主啦。我說，小林子，你乘早死了這條心，不用在這舊屋子裏東翻西尋啦。就沒這劍譜，練成了我爹爹的紫霞神功，也報得了仇。」林平之道：「這個自然。只我爹爹媽媽生前遭人折磨侮辱，又死得這等慘，若能以我林家祖傳劍法報仇，才眞正是爲爹娘出了這口氣。再說，本門紫霞神功向來不輕傳弟子，我入門最遲，縱然恩師、師娘看顧，衆位師兄、師姊也都不服，定要說……定要說……」岳靈珊道：「定要說甚麼啊？」

林平之道：「說我跟你好未必是眞心，只不過瞧在紫霞神功的面上，討恩師、師娘的歡心。」岳靈珊道：「呸！旁人愛怎麼說，讓他們說去。只要我知道你是眞心就行啦。」林平之笑道：「你怎知我是眞心？」岳靈珊啪的一聲，不知在他肩頭還是背上重重打了一下，啐道：「我知道你是假情假意，是狼心狗肺！」

林平之笑道：「好啦，來了這麼久，該回去啦，我送你回鏢局子。要是給師父、師娘知道了，那可糟糕。」岳靈珊道：「你趕我回去，是不是？你趕我，我就走。誰要你送了？」語氣甚是不悅。令狐冲知她這時定是撅起了小嘴，輕嗔薄怒，自是另有一番繫人心處。

林平之道：「師父說道，魔教前教主任我行重現江湖，聽說已到了福建境內，此人武功深不可測，心狠手辣。你深夜獨行，如不巧遇上了他，那……那怎麼辦？」

令狐冲心道：「原來此事師父已知道了。是了，我在仙霞嶺這麼一鬧，人人都說是任我行復出，師父豈有不聽到訊息之理？我也不用寫這封信了。」

岳靈珊道：「哼，你送我回去，如不巧遇上了他，難道你便能殺了他，拿住他？」

林平之道：「你明知我武功不行，又來取笑？我自然對付不了他，但只須跟你在一起，就是要死，也死在一塊。」

岳靈珊柔聲道：「小林子，我不是說你武功不行。你這般用功苦練，將來一定比我強。其實除了劍法還不怎麼熟，要是眞打，我可還眞不是你對手。」

林平之輕輕一笑，說道：「除非你用左手使劍，或許咱們還能比比。」

岳靈珊道：「我幫你找找看。你對家裏的東西看得熟了，見怪不怪，或許我能見到些甚麼惹眼的東西。」林平之道：「好啊，你就瞧瞧這裏又有甚麼古怪。」

接著便聽得開抽屜、拉桌子的聲音。過了半晌，岳靈珊道：「這裏甚麼都平常得緊。你家裏可有甚麼異乎尋常的地方？」林平之沉吟一會，道：「異乎尋常的地方？沒有。」岳靈珊道：「你家練武場在那裏？」林平之道：「也沒甚麼練武場。我曾祖父創辦鏢局子後，便搬到鏢局去住。我祖父、父親，都是在鏢局子練功夫。再說，我爹爹遺言中有『翻看』二字，練武場中也沒甚麼可翻看的。」岳靈珊道：「對啦，咱們到你家書房去瞧瞧。」林平之道：「我們是保鏢世家，只有帳房，沒有書房。帳房可也是在鏢局子裏。」岳靈珊道：「那可眞難找了。在這座屋子中，有甚麼可翻看的？」

林平之道：「我瑑磨大師哥那句話，他說我爹爹命我千萬不可翻看祖宗的遺物，其實多半是句反話，叫我定要去翻看這老宅中祖宗的遺物。但這裏有甚麼東西好翻看呢？想來想去，只有我曾祖的一些佛經了。」岳靈珊跳將起來，拍手道：「佛經！那好得很啊。達摩老祖是武學之祖，佛經中藏有劍譜，可沒甚麼希奇。」

令狐冲聽到岳靈珊這般說，精神爲之一振，心道：「林師弟如能在佛經中找到了那部劍譜，可就好了，免得他們再疑心是我吞沒了。」

卻聽得林平之道：「我早翻過啦。不但是翻一遍兩遍，也不是十遍八遍，只怕一百遍也翻過了。我還去買了金剛經、法華經、心經、楞伽經來和曾祖父遺下的佛經逐字對照，確是一個字也不錯。那些佛經，便是尋常的佛經。」岳靈珊道：「那就沒甚麼可翻看的了。」她沉吟半晌，突然說道：「佛經的夾層之中，你可找過沒有？」

林平之一怔，說道：「夾層？我可沒想到。咱們這便去瞧瞧。」

二人各持一隻燭台，手拉手的從廂房中出來，走向後院。令狐冲在屋面上跟去，見燭光從一間間房子的窗戶中透出來，最後到了西北角一間房中。令狐冲跟著過去，輕輕縱下院子，湊眼窗縫向內張望。只見裏面是座佛堂。居中懸著一幅水墨畫，畫的是達摩老祖背面，自是描寫他面壁九年的情狀。佛堂靠西有個極舊的蒲團，桌上放著木魚、鐘磬，還有一疊佛經。

令狐冲心想：「這位創辦福威鏢局的林老前輩，當年威名遠震，手下傷過的綠林大盜定然不少，想來到得晚年，在這裏懺悔生平殺業。」想像一位叱吒江湖的英雄豪傑，白髮蒼蒼之時，坐在這間陰沉沉的佛堂中敲木魚唸經，那心境可著實寂寞淒涼。

岳靈珊取過一部佛經，道：「咱們把經書拆了開來，查一查夾層中可有物事。如果查不到，再將經書重行釘好便是。你說好不好？」林平之道：「好！」拿起一本佛經，拉斷釘書的絲線，將書頁平攤開來，查看夾層之中可有字跡。

岳靈珊拆開另一本佛經，一張張拿起來在燭光前映照。

令狐冲瞧著她背影，但見她皓腕如玉，左手上仍戴著那隻銀鐲子，有時臉龐微側，與林平之四目交投，相對便是一笑，又去查看書頁，也不知是燭光照射，還是她臉頰暈紅，但見半邊俏臉，當眞艷若春桃。令狐冲悄立窗外，瞧得痴了。

二人拆了一本又一本，堪堪便要將桌上十二本佛經拆完，突然之間，令狐冲聽得背後輕輕一響。他身子一縮，回過頭來，只見兩條人影從南邊屋面上欺將過來，互打手勢，躍入院子，落地無聲。二人隨即都湊眼窗縫，向內張望。

過了好一會，聽得岳靈珊道：「都拆完啦，甚麼都沒有。」語氣甚是失望，忽然又道：「小林子，我想到啦，咱們去打盆水來。」聲音轉得頗為興奮。林平之問道：「幹甚麼？」岳靈珊道：「我小時候曾聽爹爹說過個故事，說有一種草，浸了酸液出來，用來寫字，乾了後字跡便即隱沒，但如浸濕了，字跡卻又重現。」

令狐冲心中一酸，記得師父說這個故事時，岳靈珊還只八九歲，自己卻有十五六歲了。當年舊事，霎時間湧上心來，記得那天和她去捉蟋蟀來打架，自己把最大最壯的蟋蟀讓了給她，偏偏還是她的輸了。她哭個不停，自己哄了她很久，她才回嗔作喜，兩個人同去請師父講故事。念及這些往事，淚水又湧到眼眶之中。

只聽林平之道：「對，不妨試一試。」轉身出來。岳靈珊道：「我和你同去。」兩人手拉手的出來。躲在窗後的那二人屏息不動。過了一會，林平之和岳靈珊各捧一盆水走進佛堂，將七八張佛經的散頁浸在水中。林平之迫不及待的將一頁佛經提起，在燭光前映照，不見有甚麼字跡。兩人試了二十餘頁，沒發見絲毫異狀。

林平之嘆了口氣，道：「不用試啦，沒寫上別的字。」

他剛說了這兩句話，躲在窗外那二人悄沒聲的繞到門口，推門而入。林平之喝道：「甚麼人？」那二人直撲進門，勢疾如風。林平之舉手待要招架，脅下已讓人出指點中。岳靈珊長劍只拔出一半，敵人兩隻手指已向她眼中插去，岳靈珊只得放脫劍柄，舉手上擋。那人右手連抓三下，都是指向她咽喉。岳靈珊大駭，退得兩步，背脊已靠在供桌邊上，沒法再退。那人左手向她天靈蓋劈落，岳靈珊雙掌上格，不料那人這一掌乃是虛招，右手點出，岳靈珊左腰中指，斜倚在供桌之上，再也不能動彈了。

這一切令狐冲全瞧在眼裏，見林岳二人一時並無性命之憂，心想不忙出手相救，且看敵人是甚來頭。只見這二人在佛堂中東張西望，一人提起地下蒲團，撕成兩半，另一人啪的一掌，將木魚劈成了七八片。林平之和岳靈珊既不能言，亦不能動，見到這二人掌力如刀，撕蒲團，碎木魚，顯然便是來找尋那辟邪劍譜，均想：「怎沒想到劍譜或許藏在蒲團和木魚之中。」但見蒲團和木魚中並沒藏有物事，心下均是一喜。

那二人都是五十來歲年紀，一個禿頭，另一個卻滿頭白髮。二人行動迅疾，頃刻間便將佛堂中供桌等物一一劈碎；直至無物可碎，兩人目光都向那幅達摩老祖畫像瞧去。禿頭老者左手伸出，便去抓那畫像。白髮老者伸手一格，喝道：「且慢，你瞧他的手指！」

令狐冲、林平之、岳靈珊三人的目光都向畫像瞧去，但見圖中達摩左手放在背後，似是捏著個劍訣，右手食指指向屋頂。禿頭老者問道：「他手指有甚麼古怪？」白髮老者道：「不知道！且試試看。」身子縱起，雙掌對準了圖中達摩食指所指之處，掌發勁力，擊向屋頂。蓬的一聲，泥沙灰塵簌簌而落。禿頭老者道：「那有甚麼……」只說了四個字，一團紅色物事從屋頂洞中飄了下來，卻是一件和尚所穿的袈裟。

白髮老者伸手接住，在燭光下一照，喜道：「在……在這裏了。」他大喜若狂，聲音也發顫了。禿頭老者道：「怎麼？」白髮老者道：「你瞧！」

令狐冲凝目瞧去，只見袈裟之上隱隱似寫滿了無數小字。

禿頭老者道：「這難道便是辟邪劍譜？」白髮老者道：「十之八九，該是劍譜。哈哈，咱兄弟二人今日立此大功。兄弟，收了起來罷。」禿頭老者喜得嘴也合不攏來，將袈裟小心摺好，放入懷中，左手向林岳二人指了指，道：「斃了嗎？」

令狐冲手持劍柄，只待白髮老者一露殺害林岳二人之意，立時搶入，先將這兩名老者殺了。那知那白髮老者道：「劍譜既已得手，不必跟華山派結下深仇，讓他們去罷。」兩人並肩走出佛堂，越牆而出。

令狐冲也即躍出牆外，跟隨其後。兩名老者腳步十分迅疾。令狐冲生怕黑暗之中走失了二人，加快腳步，和二人相距不過三丈。

兩名老者奔行甚急，令狐冲便也加快腳步。突然之間，兩名老者倏地站住，轉過身來，眼前寒光一閃，令狐冲只覺右肩、右臂一陣劇痛，竟已給對方雙刀同時砍中。兩人這一下突然站定，突然轉身，突然出刀，來得當眞便如雷轟電閃一般。

令狐冲只是內力渾厚，劍法高明，這等臨敵應變的奇技快招，卻跟第一流高手還差著老大一截，對方驀地出招，別說拔劍招架，連手指也不及碰到劍柄，便已身受重傷。

兩名老者的刀法快極，一招既已得手，第二刀跟著砍到。令狐冲大駭之下，忙向後躍出，幸好他內力奇厚，這倒退一躍，已在兩丈之外，跟著又是一縱，又躍出了兩丈。兩名老者見他重傷之下，倒躍仍如此快捷，也吃了一驚，隨即撲上。

令狐冲轉身便奔，肩頭臂上初中刀時還不怎麼疼痛，此時卻痛得幾欲暈倒，心想：「這二人盜去的袈裟，上面所寫的多半便是辟邪劍譜。我身蒙不白之冤，說甚麼也要奪了回來，去還給林師弟。」當下強忍疼痛，伸手去拔長劍。

一拔之下，長劍只出鞘一半，竟拔不出來，右臂中刀之後，力氣半點也沒法使出。耳聽得腦後風響，敵人鋼刀砍到，當即提氣向前急躍，左手用力一扯，拉斷了腰帶，這才將長劍握在手中，使勁急抖，摔落劍鞘。堪堪轉身，但覺寒氣撲面，雙刀同時砍到。

他又倒躍一步。其時天色將明，但天明之前一刻最是黑暗，除了刀光閃閃之外，睜眼不見一物。他所學的獨孤九劍，要旨是看到敵人招數的破綻所在，乘虛而入，此時敵人的身法招式全然無法見到，劍法便使不出來。只覺左臂又是一痛，給敵人刀鋒劃了一道口子，只得斜向長街急衝出去，左手握劍，將拳頭按住右肩傷口，以免流血過多，不支倒地。

兩名老者追了一陣，見他腳步極快，追趕不上，好在劍法秘譜已經奪到，不願多生枝節，當即停步不追，轉身回去。令狐冲叫道：「喂，大膽賊子，偷了東西想逃嗎？」反而轉身追來。兩名老者大怒，又即轉身，揮刀向他砍去。令狐冲不和他們正面交鋒，返身又逃，心下暗暗禱祝：「有人提一盞燈籠過來，那就好了。」奔得幾步，靈機一動，躍上屋頂，四下張望，見左前方一間屋中有燈光透出，忙向燈光處奔去。兩名老者卻又停步不追。

令狐冲俯身拿起兩張瓦片，向二人投去，喝道：「你們盜了林家辟邪劍譜，一個禿頭，一個白髮，便逃到天涯海角，武林好漢也要拿到你們碎屍萬段。」啪喇喇一聲響，兩張瓦片在大街青石板上跌得粉碎。

兩名老者聽他叫出《辟邪劍譜》的名稱，當即上屋向他追去。

令狐冲只覺腳下發軟，力氣越來越弱，猛提一口氣，向燈光處狂奔一陣，突然一個踉蹌，從屋面上摔了下來，急忙一個「鯉魚打挺」，翻身站起，靠牆而立。

兩名老者輕輕躍下，分從左右掩上。禿頭老者獰笑道：「老子放你一條生路，你偏不走。」令狐冲見他禿頭上油光晶亮，心頭一凜：「原來天亮了。」笑道：「兩位是那一家那一派的，為甚麼定要殺我而甘心？」

白髮老者單刀一舉，向令狐冲頭頂疾劈而下。

令狐冲劍交右手，輕輕一刺，劍尖刺入了他咽喉。

禿頭老者大驚，舞刀直撲而前。令狐冲長劍削出，正中其腕，連刀帶手，一齊切了下來，劍尖隨即指住他喉頭，喝道：「你二人到底是甚麼門道，說了出來，饒你一命。」

禿頭老者嘿嘿一笑，跟著淒然道：「我兄弟橫行江湖，罕逢敵手，今日死在尊駕劍下，佩服，佩服。只不知尊駕高姓大名，我死了……死了也是個胡塗鬼。」

令狐冲見他雖斷了一手，仍氣概昂然，敬重他是條漢子，道：「在下被迫自保，其實跟兩位素不相識，失手傷人，可對不住了。那件袈裟，閣下交了給我，咱們就此別過。」

禿頭老者森然道：「禿鷹豈是投降之人？」左手一翻，一柄匕首插入自己心窩。

令狐冲心道：「這人寧死不屈，倒是個人物。」俯身去他懷中掏那件袈裟。只覺一陣頭暈，知是失血過多，於是撕下衣襟，胡亂紮住肩頭和臂上的傷口，這才在禿頭老者懷中將袈裟取出。

這時又覺一陣頭暈，當即吸了幾口氣，辨明方向，逕向林平之那向陽巷老宅走去。走出數十丈，已感難以支持，心想：「我如倒了下來，不但性命不保，死後人家還道我偷了辟邪劍譜，贓物在身，死後還是落了污名。」當下強自支撐，終於走進了向陽巷。

但林家大門緊閉，林平之和岳靈珊又爲人點倒，沒人開門，要他此刻躍牆入內，卻無論如何無此力氣，只得打了幾下門，跟著出腳往大門上踢去。

這一腳大門沒踢開，一下震盪，暈了過去。

待得醒轉，只覺身臥在床，一睜眼，便見到岳不羣夫婦站在床前，令狐冲大喜，叫道：「師父、師娘……我……」心情激動，淚水不禁滾滾而下，掙扎著坐起身來。岳不羣不答，只問：「卻是怎麼會事？」令狐冲道：「小師妹呢？她……她平安無事嗎？」岳夫人道：「沒事！你……你怎麼到了福州？」語音中充滿了關懷之意，眼眶卻不禁紅了。

令狐冲道：「林師弟的辟邪劍譜，給兩個老頭兒奪了去，我殺了那二人，搶了回來。那兩人……那兩人多半是魔教中的好手。」一摸懷中，袈裟已然不見，忙問：「那……那件袈裟呢？」岳夫人問道：「甚麼？」令狐冲道：「袈裟上寫得有字，多半便是林家的辟邪劍譜。」岳夫人道：「那麼這是平之的物事，該當由他收管。」令狐冲道：「正是。師娘，你和師父都好？衆位師弟師妹也都好？」

岳夫人眼眶紅了，舉起衣袖拭了拭眼淚，道：「大家都好。」

令狐冲道：「我怎麼到了這裏？是師父、師娘救我回來的麼？」岳夫人道：「我今兒一早到平之的向陽巷老宅去，在門外見你暈在地下。」令狐冲「嗯」了一聲，道：「幸虧師娘到來，否則如給魔教的妖人先見到，孩兒就沒命了。」他知師娘定是早起不見了女兒，便趕到向陽巷去找尋，只這件事不便跟自己說起。

岳不羣道：「你說殺了兩名魔教妖人，怎知他們是魔教的？」令狐冲道：「弟子南來，一路上遇到不少魔教中人，跟他們動了幾次手。這兩個老頭兒武功怪異，顯然不是我正派中人。」心下暗暗歡喜：「我奪回了林師弟的辟邪劍譜，師父、師娘、小師妹便不會再對我生疑；而我殺了這兩名魔教妖人，師父當也不再怪我和魔教勾結了。」

那知岳不羣臉色鐵青，哼了一聲，厲聲道：「你到這時還在胡說八道！難道我便如此容易受騙麼？」令狐冲大驚，忙道：「弟子決不敢欺瞞師父。」岳不羣森然道：「誰是你師父了？岳某早跟你脫卻了師徒名份。」

令狐冲從床上滾下地來，雙膝跪地，磕頭道：「弟子做錯了不少事，願領師父重責，只是……只是逐出門牆的責罰，務請師父收回成命。」

岳不羣向旁避開，不受他大禮，冷冷的道：「魔教任教主的小姐對你青眼有加，你早跟他們勾結在一起，還要我這師父幹麼？」令狐冲奇道：「魔教任教主的小姐？師父這話不知從何說起？雖然聽說那任……任我行有個女兒，可是弟子從來沒見過。」

岳夫人道：「冲兒，到了此刻，你又何必再說謊？」嘆了口氣，道：「那位任小姐召集江湖上旁門左道之士，在山東五霸岡上給你治病，那天我們又不是沒去……」

令狐冲大為駭異，顫聲道：「五霸岡上那位姑娘，她……她……盈盈……她是任教主的女兒？」岳夫人道：「你起來說話。」令狐冲慢慢站起，心下一片茫然，喃喃的道：「她……她是任教主之女？這……這眞是從何說起？」

岳夫人怫然不悅，道：「爲甚麼對著師父、師娘，你還要說謊？」

岳不羣怒道：「誰是他師父、師娘了？」伸手在桌上重重一擊，啪的一聲響，桌角登時掉下了一塊。令狐冲惶恐道：「弟子決不敢欺騙師父、師娘……」

岳不羣厲聲道：「岳某當初有眼無珠，收容了你這無恥小兒，實是愧對天下英豪。你是不是要我長此負這污名？你再叫一聲『師父、師娘』，我立時便將你斃了！」怒喝時臉上紫氣忽現，委實惱怒已極。

令狐冲應道：「是！」伸手扶著床緣，臉上全無血色，身子搖搖欲墜，說道：「他們給我治傷療病，那是有的。可是……可是誰也沒跟我說過，她……她便是任教主的女兒。」岳夫人道：「你聰明伶俐，何等機警，怎會猜想不到？她一個年紀輕輕的姑娘，只這麼一句話，便調動了三山五嶽的左道之士，個個爭著來給你治病。除了魔教的任小姐，又誰能有這樣的天大面子？」令狐冲道：「弟……我……我當時只道她是一位年老婆婆。」岳夫人道：「她易容改裝了麼？」令狐冲道：「沒有，只不過……只不過我當時一直沒見到她臉。」岳不羣「哈」的一聲笑了出來，臉上卻無半分笑意。

岳夫人嘆了口氣，道：「冲兒，你年紀大了，性格兒也變了。我的說話，你再也不放在心上啦。」令狐冲道：「師……師……我對你老人家的說話，可……可……可眞不……」他想要說「我對你老人家的說話，可眞不敢違背」，但事實俱在，師父、師娘一再命他不可與魔教中人結交，他和盈盈、向問天、任我行這些人的干係，又豈僅是「結交」而已？

岳夫人又道：「就算那個任教主的小姐對你好，你爲了活命，讓她召人給你治病，或者說情有可原……」岳不羣怒道：「甚麼情有可原？爲了活命，那就可以無所不爲麼？」他平時對這位師妹兼夫人向來彬彬有禮，當眞相敬如賓，今日卻一再疾言厲色的打斷她話頭，可見實是怒不可遏。岳夫人明白丈夫的心情，也不和他計較，繼續說道：「但你爲甚麼又和魔教那大魔頭向問天勾結在一起，殺害了不少我正派同道？你雙手染滿了正教人士的鮮血，你……你快快走罷！」

令狐冲背上一陣冰冷，想起那日在涼亭之中、深谷之前，和向問天並肩迎敵，確有不少正教中人因自己而死，雖說當其時惡鬥之際，自己若不殺人，便是被殺，委實出於無奈，可是這大筆血債，總是算在自己身上了。

岳夫人道：「在五霸岡下，你又與魔教的任小姐聯手，殺害了好幾個少林派和崑崙派弟子。冲兒，我從前視你有如我的親兒，但事到如今，你……你師娘無能，可再沒法子庇護你了。」說到這裏，兩行淚水從面頰上直流下來。

令狐冲黯然道：「孩兒確是做了錯事，罪不可赦。但一人做事一身當，決不能讓華山派名頭蒙污。請兩位老人家大開法堂，邀集各家各派英雄與會，將孩兒當場處決，以正華山派的門規便是。」

岳不羣長嘆一聲，說道：「令狐師傅，你今日倘若仍是我華山派門下弟子，此舉原也使得。你性命雖亡，我華山派清名得保，你我師徒之情尚在。可是我早已傳書天下，將你逐出門牆。你此後的所作所爲，與我華山派何涉？我又有甚麼身分來處置你？嘿嘿，正邪勢不兩立，下次你再爲非作歹，撞在我手裏，妖孽奸賊，人人得而誅之，那就容你不得了。」

正說到這裏，房外一人叫道：「師父、師娘。」卻是勞德諾。岳不羣問道：「怎麼？」勞德諾道：「外面有人拜訪師父、師娘，說道是嵩山派的鍾鎭，還有他的兩個師弟。」岳不羣道：「九曲劍鍾鎭，他也來福建了嗎？好，我便出來。」逕自出房。

岳夫人向令狐冲瞧了一眼，眼色中充滿了柔情，似是叫他稍待，回頭尚有話說，跟著走了出去。

令狐冲自幼對師娘便如與母親無異，見她對自己愛憐，心中懊悔已極，尋思：「種種情事，總是怪我行事任性，是非善惡，不辨別清楚。向大哥明明不是正人君子，我怎地不問情由，上前便幫他打架？我一死不足惜，可教師父、師娘沒臉見人。華山派門中出了這樣一個不肖弟子，連衆師弟、師妹們也都臉上少了光采。」

又想：「原來盈盈是任教主的女兒，怪不得老頭子、祖千秋他們對她如此尊崇。她隨口一句話，便將許多江湖豪士充軍到東海荒島，七八年不得回歸中原。唉，我原該想到才是。武林之中，除了魔教的大頭腦，又有誰能有這等權勢？但她和我在一起之時，扭扭捏捏，嬌羞靦腆，比之小師妹尚且勝了三分，又怎想得到她竟是魔教中的大人物？然而那時任教主尚給東方不敗囚在西湖底下，他的女兒又怎會有偌大權勢？」

正自思湧如潮，起伏不定，忽聽得腳步聲細碎，一人閃進房來，正是他日思夜想、念茲在茲的小師妹。令狐冲叫道：「小師妹！你……」下面的話便接不下去了。岳靈珊道：「大師哥，快……快離開這兒，嵩山派的人找你晦氣來啦。」語氣甚是焦急。

令狐冲只一見到她，天大的事也都置之腦後，甚麼嵩山派不嵩山派，壓根兒便沒放在心上，雙眼怔怔的瞧她，一時甜、酸、苦、辣，諸般滋味盡皆湧向心頭。

岳靈珊見他目不轉睛的望著自己，臉上微微一紅，說道：「有個甚麼姓鍾的，帶著兩個師弟，說你殺了他們嵩山派的人，一直追尋到這兒來。」

令狐冲一呆，茫然道：「我殺了嵩山派的人？沒有啊。」

突然間砰的一聲，房門推開，岳不羣怒容滿臉走了進來，厲聲道：「令狐冲，你幹的好事！你殺了嵩山派屬下的武林前輩，卻說是魔教妖人，欺瞞於我。」令狐冲奇道：

「弟……我……我殺了嵩山派屬下的武林前輩？我……我沒有……」

岳不羣怒道：「『白頭仙翁』卜沉，『禿鷹』沙天江，這兩人可是你殺的？」

令狐冲聽到這二人的外號，記起那禿頂老者自殺之時，曾說過「禿鷹豈是投降之人」這句話，那麼另一個白髮老者，便是甚麼「白頭仙翁」卜沉了，便道：「一個白頭髮的老人，一個禿頭老者，那確是我殺的。我……我可不知他們是嵩山派門下。他們使的是單刀，全不是嵩山派武功。」岳不羣神色愈是嚴峻，問道：「那麼這兩個人，確是你殺的？」令狐冲道：「正是。」

岳靈珊道：「爹，那個白頭髮和那禿頂的老頭兒……」岳不羣喝道：「出去！誰叫你進來的？我在這裏說話，要你插甚麼嘴？」岳靈珊低下了頭，慢慢走到房門口。

令狐冲心下一陣淒涼，一陣歡喜：「師妹雖和林師弟要好，畢竟對我仍有情誼。她干冒父親申斥，前來向我示警，要我儘速避禍。」

岳不羣冷笑道：「五嶽劍派各派的武功，你都明白麼？這卜沙二人出於嵩山派的旁支，你心存不規，不知用甚麼卑鄙手段害死了他們，卻將血跡帶到了向陽巷平之的老宅。嵩山派一查，便跟著查到了這裏。眼下嵩山派的鍾師兄便在外面，向我要人，你有甚麼話說？」

岳夫人走進房來，說道：「他們又沒親眼見到是冲兒殺的？單憑幾行血跡，也不能認定是咱們鏢局中人殺的。咱們給他們推個一乾二淨便是了。」

岳不羣怒道：「師妹，到了這時候，你還要包庇這無惡不作的無賴子。我堂堂華山派掌門，豈能爲了這小畜生而說謊？你……你……咱們這麼幹，非搞到身敗名裂不可。」

令狐冲這幾年來，常想師父、師娘是師兄妹而結成眷屬，自己若能和小師妹也有這麼一天，那當眞萬事俱足，更無他求，此刻見師父對師娘說話，竟如此的聲色俱厲，心中忽想：「倘若小師妹是我妻子，她要幹甚麼，我便由得她幹甚麼，是好事也罷，是壞事也罷，我決不會有半點拂逆她的意願。她便要我去幹十惡不赦的大壞事，我也不會皺一皺眉頭。」

岳不羣雙目盯在令狐冲臉上，忽然見他臉露溫柔微笑，目光含情，射向站在房門口的女兒，怒喝：「小畜生，在這當兒，你心中還在打壞主意麼？」

岳不羣這一聲大喝，登時教令狐冲從胡思亂想中醒覺過來，一抬頭，只見師父臉上紫氣隱隱，手掌提起，便要往自己頭頂擊落，突然間感到一陣說不出的歡喜，只覺在這世上委實苦澀無味之極，今日死在師父掌底，那是痛痛快快的解脫，尤其小師妹在旁，看著自己給她父親一掌劈死，更是自己全心所企求之事。他微微一笑，目光向岳靈珊瞧去，只待師父揮掌打落。

但覺腦頂風生，岳不羣右掌劈將下來，卻聽得岳夫人叫道：「使不得！」手指便往丈夫後腦「玉枕穴」上點去。他二人自幼同門學藝，相互拆招，已熟極而流，岳夫人這一指所點之處，乃致命要穴，岳不羣自然而然回掌拆格。岳夫人已閃身擋在令狐冲身前。

岳不羣臉色鐵青，怒道：「你……你幹甚麼？」岳夫人急叫：「冲兒，快走！快走！」令狐冲搖頭道：「我不走，師父要殺我，便殺好了。我是罪有應得。」岳夫人頓足道：「有我在這裏，他殺不了你的，快走，走得遠遠的，永遠別再回來。」

岳不羣道：「哼，他一走了之，外面廳上嵩山派那三人，咱們又如何對付？」

令狐冲心道：「原來師父躭心應付不了鍾鎮他們，我可須先得去替他打發了。」朗聲道：「好，我去見見他們。」說著大踏步往外走去。岳夫人叫道：「去不得，他們會殺了你的。」但令狐冲走得極快，立時已衝入了大廳。

果見嵩山派的九曲劍鍾鎮、神鞭滕八公、錦毛獅高克新三人大剌剌的坐在西首賓位。令狐冲往對面的太師椅中一坐，冷冷的道：「你們三個，到這裏幹甚麼來了？」

此刻令狐冲身上穿著店小二衣衫，除去虬髯，與廿八鋪客店中夜間相逢時的參將模樣已全不相同。鍾鎮等三人突然見到這樣一個滿身血跡的市井少年如此無禮，都不禁勃然大怒。高克新喝道：「你是甚麼東西？」令狐冲笑道：「你們三個，是甚麼南北？」高克新一怔，心想：「怎叫做『是甚麼南北』？」但想那定然不是甚麼好話，怒道：

「快去請岳先生出來！憑你也配跟我們說話？」

這時岳不羣、岳夫人、岳靈珊以及華山派衆弟子都已到了屏門之後，聽著令狐冲跟這三人對答。岳靈珊聽他問「你們三個是甚麼南北？」不由得好笑，但知眼前這三人都是嵩山派好手，大師哥殺了他們的人，又對他們如此無禮，待會定要動手，未免凶多吉少，而父親、母親看來決不會插手相助，可不知如何是好，心中一發愁，便笑不出來。

令狐冲道：「岳先生是誰？啊，你說的是華山派掌門。我正來尋他晦氣。嵩山派有兩個不肖之徒，一個叫甚麼白頭妖翁卜沉，一個叫禿梟沙天江，半夜裏去搶人家的辟邪劍譜，還點了年輕人的穴道，不懷好意。我要救人，便將這兩個傢伙殺了。聽說嵩山派還有三個傢伙，躲在福威鏢局之中。我要岳先生交出人來，岳先生卻不肯。氣死我也，氣死我也！」跟著縱聲大叫：「岳先生，嵩山派有三個無聊傢伙，一個叫爛鐵劍鍾鎭，一個叫小鬼滕八婆，還有一個癩皮貓高克新。請你快快交出人來，我要跟他們算帳。你想包庇他們，那可不成！你們五嶽劍派，同氣連枝，我可不賣這個帳！」

岳不羣等聽了，無不駭然，均知他如此叫嚷，是要表明華山派與殺人之事無關。可是嵩山派這三人成名已久，那九曲劍鍾鎭更加了得，在「嵩山十三太保」中排名甚高，聽令狐冲所嚷的言語，顯已知曉鍾鎭等三人的來歷。那日夜戰，他打敗劍宗封不平，刺瞎十五名江湖好手的雙眼，劍法確是非同小可，但他此刻受傷極重，只怕再站立一會便會倒下，何以這等膽大妄爲，貿然向人挑釁？

高克新大怒躍起，長劍出鞘，便要向令狐冲刺出。鍾鎭舉手攔住，向令狐冲問道：「尊駕是誰？」

令狐冲道：「哈哈，我認得你，你卻不認得我。你們嵩山派想將五嶽劍派合而爲一，由你嵩山派吞併其餘四派。你們三個南北來到福建，一來是要搶奪林家的辟邪劍譜，二來是要戕害華山、恆山各派的重要人物。種種陰謀，可全給我知悉了。只怕是徒勞無功，到頭一場空，嘿嘿，好笑啊好笑！」

岳不羣和岳夫人對瞧了一眼，均想：「他這話倒未必全是無稽之談。」

鍾鎭臉有驚疑之色，問道：「尊駕是那一派的人物？」

令狐冲道：「我大廟不收，小廟不受，是個無主孤魂，荒山野鬼，決不會來搶你們嵩山派的生意，你這可放心了罷？哈哈，哈哈！」笑聲中充滿了淒涼之意。

鍾鎭道：「尊駕既非華山派人物，咱們可不能騷擾了岳先生，這就借步到外面說話。」這幾句話語調平淡，但目露兇光，充滿了殺機，顯是令狐冲揭了他的底，已決心誅卻。他對岳不羣畢竟有所忌憚，不敢在福威鏢局中拔劍殺人，要將令狐冲引到鏢局之外再行動手。

這句話正合令狐冲心意，大聲叫道：「岳先生，你今後可得多加提防。魔教教主任我行復出，此人身有吸星大法，專吸旁人內力，他說要跟華山派爲難。還有，嵩山派想併吞你華山派。你是彬彬君子，人家的狼心狗肺，卻不可不防。」他此番來到福州，爲的便是要向師父說這幾句話，說罷便即大踏步出門。鍾鎭等跟了出來。

令狐冲邁步走出福威鏢局，只見一羣尼姑、婦女站在大門外，正是恆山派那批女弟子。儀和與鄭萼二人手持拜盒，走在最前，當是到鏢局來拜會岳不羣和岳夫人。令狐冲一怔，急忙轉頭，不讓她們見到，但已跟儀和她們打了個照面，好在儀琳遠遠在後，沒見到他面目。

鍾鎭等三人出來時，鄭萼卻認得他們，不禁一怔，停住了腳步。

令狐冲心想：「恆山派弟子既知我師父在此，自當前來拜會，有我師父、師娘照料，她們也不會吃虧了。」他不願給儀琳見到，斜刺裏便欲溜走。

鍾鎭、滕八公、高克新同時兵刃出手，攔在他面前，喝道：「你還想逃嗎？」

令狐冲笑道：「我手裏沒兵器，又怎生打法？」

這時岳不羣、岳夫人和華山派衆弟子都來到門前，要看令狐冲如何對付鍾鎭等三人。岳靈珊拔劍出鞘，叫道：「大……」想將長劍擲過去給他。岳不羣左手兩指伸出，搭在她劍刃之上，搖了搖頭。岳靈珊急道：「爹！」岳不羣又搖了搖頭。

這一切全瞧在令狐冲眼裏，心中大慰：「小師妹對我，畢竟還有昔日之情。」

突然之間，好幾人齊聲驚呼。

令狐冲情知必是有人偷襲，不及回頭，立即向前急縱而出。他內力奇厚，這一躍既高且速，但饒是如此，只覺腦後生風，一劍在背後直劈而下，剛才這一躍只須慢得剎那，又或力道不足，躍得近了半尺，身子已給人劈成兩半，當眞凶險已極。

他站定後立即回頭，但聽得一聲呼叱，白光閃動，恆山派女弟子同時出手。七人一隊，分成三隊，七柄長劍指住一人，將鍾鎭等三人分別圍住。這一下拔劍、移步、圍敵、出招，動作迅捷無比，加之身法輕盈，姿式美觀，顯是習練有素的陣法。每柄長劍劍尖指住對方一處要害，頭、喉、胸、腹、腰、背、脅，每人身上七處要害，均給一柄長劍指住。陣法既成，七名女弟子便不再動。

適才出手向令狐冲偷襲的，便是鍾鎭。聽得令狐冲的言語對嵩山派甚是不利，當即乘其不備，忽施殺手，意欲儘速滅口，以免他多嘴多舌，更增岳不羣的疑心。他出手固然極毒，卻還是讓對方避了開去，而恆山派衆女弟子劍陣一成，他武功雖強，可也半點動彈不得，四肢百骸，只須那裏動上一動，料想便有一柄劍刺將過來。

原來恆山羣弟子早已從鄭萼、儀琳口中，得知鍾鎭等三人如何乘人之危，在廿八鋪逼迫定靜師太同意五派合併之議，都心中有氣，此時得鄭萼示知，又見鍾鎭偷襲傷人，當即使動劍陣，將嵩山派三人圍住。

岳不羣、岳夫人自不知恆山派與鍾鎮等在廿八鋪中曾有一番過節，突見雙方動手，都大爲驚奇，眼見恆山派衆女弟子所結劍陣甚是奇妙，二十一人分成三堆，除了衣袖衫角在風中飄動外，二十一柄長劍寒光閃閃，竟皆紋絲不動，其中卻蘊藏著無限殺機。

令狐冲見恆山劍陣凝式不動，七柄劍既攻敵，復自守，七劍連環，絕無破綻可尋，宛然有獨孤九劍「以無招破有招」之妙詣，氣喘吁吁的喝釆：「妙極！這劍陣精釆之至！」

鍾鎮眼見受制，當即哈哈一笑，說道：「大家是自己人，開甚麼玩笑？我認輸了，好不好？」噹的一聲，擲劍下地。圍住他的七人以儀和爲首，見對方擲劍認輸，當即長劍一抖，收了轉去，其餘六人跟著收劍。不料鍾鎮左足足尖在地下長劍劍身上一點，那劍猛地跳起。鍾鎮手指尖一碰劍柄，劍鋒如電，驀地刺出。

儀和「啊」的一聲驚呼，右臂中劍，手中長劍嗆啷落地。鍾鎮長笑聲中，寒光連閃，恆山派衆弟子紛紛受傷。這麼一亂，其餘兩個劍陣中的十四名女弟子心神稍分，滕八公和高克新同時乘隙發動，登時兵刃相交，錚錚之聲大作。

令狐冲搶起儀和掉在地下的長劍，揮劍擊出。但聽得嗆啷，啊，嘿，幾下聲響，高克新手腕受擊，長劍落地。滕八公的軟鞭倒了轉來，圈在自己頭頸之中。鍾鎮手腕給劍背擊中，退了幾步，長劍總算還握在手中，但整條手臂已酸軟無力。

兩個少女同時尖聲叫了起來，一個叫：「吳將軍！」一個叫：「令狐師兄！」

叫「吳將軍」的是鄭萼。適才令狐冲擊退三人所使手法，與在廿八鋪客店中對付這三人時所用劍招一模一樣，連高克新茫然失措、滕八公險些窒息、鍾鎮又驚又怒的神情也殊無二致。鄭萼心思機敏，當日曾見令狐冲如此出招，他容貌衣飾雖已大變，還是立即認了出來。另一個叫「令狐師兄」的卻是儀琳。她本來和儀眞、儀質等六位師姊結成劍陣，圍住了滕八公。每人全神貫注，雙目盯住敵人，絕不斜視，目中所見，僅只他身上一處要害，視頭則只見其頭，視胸則只見其胸，連敵人別處肢體都沒瞧見，自然更加沒見到旁人，直至劍陣散開，她才見到令狐冲。睽別經年，陡然相遇，儀琳全身大震，險些暈去。

令狐冲眞相既顯，眼見已無法隱瞞，笑道：「你奶奶的，你這三個傢伙太也不識好歹，恆山派衆位師太饒了你們一命，你們居然恩將仇報。本將軍可實在太瞧著不順眼了。我……我……」說到這裏，突然腦中暈眩，眼前發黑，咕咚倒地。

儀琳搶上扶起，急叫：「令狐師兄，令狐師兄！」只見他肩頭、臂上血如泉湧，忙捲起他衣袖，取出本門治傷靈藥白雲熊膽丸塞入他口中。鄭萼、儀眞等取過天香斷續膠爲他搽上傷口。恆山派衆女弟子個個感念他救援之德，當日若不是他出手相救，人人都已死於非命，不但慘死，說不定還會受賊子污辱，是以遮藥的遮藥，抹血的抹血，包紮的包紮，便在這長街之上盡心救治。天下女子遇到這等緊急事態，自不免嘰嘰喳喳，七嘴八舌，圍住了議論不休。恆山派衆女弟子雖是武學之士，卻也難免，或發嘆息，或示關心，或問何人傷我將軍，或曰兇手狠毒無情，言語紛紜，且雜「阿彌陀佛」之聲。

華山派衆人見到這等情景，盡皆詫異。

岳不羣心想：「恆山派向來戒律精嚴，這些女弟子卻不知如何，竟給令狐冲這無行浪子迷得七顛八倒，在衆目睽睽之下，不避男女之嫌，叫師兄的叫師兄，呼將軍的呼將軍。這小賊幾時又做過將軍了？當眞昏天黑地，一塌胡塗。怎地恆山派的前輩也不管管？」

鍾鎭向兩名師弟打個手勢，三人各挺兵刃，向令狐冲衝去。三人均知此人不除，後患無窮，何況兩番失手在他劍底，乘他突然昏迷，正是誅卻此人的良機。

儀和一聲呼哨，立時便有十四名女弟子排成一列，長劍飛舞，將鍾鎭三人擋住。這些女弟子各別武功並不甚高，但一結成陣，攻者攻，守者守，十四人便擋得住四五名一流高手。

岳不羣初時原有替雙方調解之意，只種種事端皆大出意料之外，既不知雙方何以結怨，又對嵩山、恆山雙方均生反感，心想暫且袖手旁觀，靜待其變。但見恆山派十四名女弟子守得極爲嚴密，鍾鎭等連連變招，始終沒法攻近。高克新一個大意，攻得太前，反給儀凊在大腿上刺了一劍，傷勢雖然不重，卻已鮮血淋漓，甚爲狼狽。

令狐冲迷迷糊糊之中，聽得兵刃相交聲叮噹不絕，眼睜一線，見到儀琳臉上神色焦慮，口中喃喃唸佛：「衆生被困厄，無量苦遍身，觀音妙智力，能救世間苦……」他心下感激，站了起來，低聲道：「小師妹，多謝你，將劍給我。」儀琳道：「你……你別……別……」令狐冲微微一笑，從她手中接過劍來，左手扶著她肩頭，搖搖晃晃的走出去。儀琳本來躭心他傷勢，但一覺自己肩頭正承擔著他身子重量，登時勇氣大增，全身力氣都運上右肩。

令狐冲從幾名女弟子身旁走過，第一劍揮出，高克新長劍落地，第二劍揮出，滕八公軟鞭繞頸，第三劍噹的一聲，擊上鍾鎭的劍刃。鍾鎭知他劍法奇幻，自己決非其敵，但見他站立不定，正好憑內力將他兵刃震飛，雙劍相交，當即在劍上運足了內勁，猛覺自身內力急速外洩，竟收束不住。原來令狐冲的吸星大法在不知不覺間功力日深，不須肌膚相觸，只要對方運勁攻來，內力便會通過兵刃而傳入他體內。

鍾鎭大驚之下，急收長劍，跟著立即刺出。令狐冲見到他脅下空門大開，本來只須順勢一劍，即可制其死命，但手臂酸軟，力不從心，只得橫劍擋格。雙劍相交，鍾鎭又是內力急瀉，心跳不已，驚怒交集之下，鼓起平生之力，長劍疾刺，劍到中途，陡然轉向，劍尖竟刺向令狐冲身旁儀琳的胸口。

這一招虛虛實實，後著甚多，極爲陰狠，令狐冲如橫劍去救，他便迴劍刺其小腹，如若不救，則這一劍眞的刺中了儀琳，也要教令狐冲心神大亂，便可乘機猛下殺手。

眾人驚呼聲中，眼見劍尖已及儀琳胸口衣衫，令狐冲長劍驀地翻過，壓上他劍刃。鍾鎮的長劍突然在半空中膠住不動，用力前送，劍尖竟沒法向前推出分毫，劍刃卻向上緩緩弓起，同時內力急傾而出。總算他見機極快，急忙撤劍，向後躍出，可是前力已失，後力未繼，身在半空，突然軟癱，重重的直撻下來，砰的一聲大響，背脊著地。這一下撻得如此狼狽，渾似個不會絲毫武功的常人。他雙手支地，慢慢爬起，但身子只起得一半，背心劇痛，又側身摔倒。

滕八公和高克新忙搶過將他扶起，齊問：「師哥，怎麼了？」鍾鎮雙目盯住在令狐冲臉上，隨即想起，數十年前便已威震武林的魔教教主任我行，決不能是這樣一個二十餘歲的青年，說道：「你是任我行的弟……弟子，會使吸星……吸星妖法！」高克新驚道：「師哥，你內力給他吸去了？」鍾鎮道：「正是！」但身子一挺，又覺內力漸增。原來令狐冲所習吸星大法修爲未深，又不是有意要吸他內力，只是鍾鎮突覺內勁傾瀉而出，惶怖之下，以致摔得狼狽不堪。

滕八公低聲道：「咱們去罷，日後再來找回場子。」鍾鎮將手一揮，對著令狐冲大聲道：「魔教妖人，你使這等陰毒絕倫的妖法，那是與天下英雄爲敵。姓鍾的今日不是你對手，可是我正教的千千萬萬好漢，決不會屈服於你妖法的淫威之下。」說著轉過身來，向岳不羣拱了拱手，說道：「岳先生，這個魔教妖人，跟閣下沒甚麼淵源罷？」

岳不羣哼了一聲，並不答話。

鍾鎮在他面前也不敢如何放肆，說道：「真相若何，終當大白，後會有期。」帶著滕高二人，逕自走了。

岳不羣從大門的階石走了下來，森然道：「令狐冲，你好，原來你學了任我行的吸星妖法。」令狐冲確是學了任我行這一項功夫，雖是無意中學得，但事實如此，卻也無從置辯。岳不羣厲聲道：「我問你，是也不是？」令狐冲道：「是！」

岳不羣厲聲道：「你習此妖法，更是正教中人的公敵。今日你身上有傷，我不來乘人之危。第二次見面，不是我殺了你，便是你殺了我。」側身向眾弟子道：「這人是你們的死敵，那一個對他再有昔日的同門之情，那便自絕於正教門下。大家聽到了沒有？」眾弟子齊聲應道：「是！」岳不羣見女兒嘴唇動了一下，想說甚麼話，說道：「珊兒，你雖是我女兒，卻也並不例外，你聽到了沒有？」岳靈珊低聲道：「聽到了。」

令狐冲本已衰弱不堪，聽了這幾句話，更覺雙膝無力，噹的一聲，長劍落地，身子慢慢垂了下去。

儀和站在他身旁，伸臂托在他右脅下，說道：「岳師伯，這中間必有誤會，你沒查問明白，便如此絕情，可忒也魯莽了。」岳不羣道：「有甚麼誤會？」儀和道：「我恆山派衆人爲魔教妖人所辱，全仗這位令狐吳將軍援手救命。他若是魔教教下，怎麼會來幫我們去跟魔教爲敵？」她聽儀琳叫他「令狐師兄」，岳不羣又叫「令狐冲」，自己卻只知他是「吳將軍」，只好兩個名字一起叫了。

岳不羣道：「魔教妖人鬼計多端，你們可別上了他的當。貴派衆位南來，是那一位師太爲首？」他想這些年輕的尼姑、姑娘們定是爲令狐冲的花言巧語所惑，只有見識廣博的前輩師太，方能識破他的奸計。

儀和淒然道：「我師定靜師太，不幸爲魔教妖人所害。」

岳不羣和岳夫人都「啊」的一聲，甚感驚惋。

便在此時，長街彼端一個中年尼姑快步奔來，說道：「白雲庵信鴿有書傳到。」走到儀和面前，從懷中掏出一個小小竹筒，雙手遞將過去。

儀和接過，拔開竹筒一端的木塞，倒出一個布捲，展開一看，驚叫：「啊喲，不好！」恆山派衆弟子聽得白雲庵有書信到來，早就紛紛圍攏，見儀和神色驚惶，忙問：「怎麼？」「師父信上說甚麼？」「甚麼事不好？」

儀和道：「師妹你瞧。」將布捲遞給儀淸。儀淸接了過來，朗聲誦讀布捲上的文字：「余與定逸師妹，被困於龍泉鑄劍谷。」又道：「這是掌門師叔的……的血書。她老人家怎地到了龍泉？」

儀眞道：「咱們快去！」儀淸道：「卻不知敵人是誰？」儀和道：「管他是甚麼凶神惡煞，咱們急速趕去。便是要死，也和師叔死在一起。」

儀淸心想：「兩位師叔的武功何等了得，尚且被困，咱們這些人趕去，多半也無濟於事。」拿著血書，走到岳不羣身前，躬身說道：「岳師伯，我們掌門師叔來信，說道：『被困於龍泉鑄劍谷。』請師伯念在五嶽劍派同氣連枝之誼，設法相救。」

岳不羣接過書信，看了一眼，沉吟道：「定閒師太和定逸師太怎地會去浙南？她二位武功卓絕，怎麼會遭敵人所困，這可奇了？這通書信，可是師太親筆麼？」儀淸道：「確是我掌門師叔親筆。只怕她老人家已受了傷，倉卒之際，蘸血書寫。」岳不羣道：「不知敵人是誰？」儀淸道：「多半是魔教中人，否則敝派也沒甚麼仇敵。」岳不羣斜眼向令狐冲瞧去，緩緩的道：「說不定是魔教妖人假造書信，誘你們去自投羅網。妖人鬼計層出不窮，不可不防。」頓了一頓，又道：「這事可須查個明白，從長計議才是。」

儀和朗聲叫道：「師叔有難，急如星火，快去救援要緊。儀淸師妹，咱們速速趕去，岳師伯沒空，多求也是無用。」儀眞也道：「不錯，倘若遲到了一刻，那可是千古之恨。」恆山派見岳不羣推三阻四，不顧義氣，都心頭有氣。

儀琳道：「令狐師兄，你且在福州養傷。我們去救了師父、師伯回來，再來探你。」

令狐冲大聲道：「大膽毛賊又在害人，本將軍豈能袖手旁觀？大夥兒一同前去救人便了。」儀琳道：「你身受重傷，怎能趕路？」令狐冲道：「本將軍爲國捐軀，馬革裏屍，何足道哉？去，去，快去。」

恆山衆弟子本來全無救師尊脫險的把握，有令狐冲同去，膽子便大了不少，登時都臉現喜色。儀眞道：「那可多謝你了。我們去找坐騎給你乘坐。」

令狐冲道：「大家都騎馬！出陣打仗，不騎馬成甚麼樣子？走啊，走啊！」他眼見師父如此絕情，心下氣苦，狂氣便又發作。

儀淸向岳不羣、岳夫人躬身說道：「晚輩等告辭。」儀和氣忿忿的道：「這種人跟他客氣甚麼？徒然多費時刻。哼，全無義氣，浪得虛名，叫甚麼『君子劍』，還不如……」儀淸喝道：「師姊，別多說啦！」

岳不羣笑了笑，只當沒聽見。

勞德諾閃身而出，喝道：「你嘴裏不乾不淨的說些甚麼？我五嶽劍派本來同氣連枝，一派有事，四派共救。可是你們和令狐冲這魔教妖人勾結在一起，行事鬼鬼祟祟，我師父自要考慮周詳。你們先得把令狐冲這妖人殺了，表明淸白。否則我華山派可不能跟你恆山派同流合污。」

儀和大怒，踏上一步，手按劍柄，朗聲問道：「你說甚麼『同流合污』？」勞德諾道：「你們跟魔教勾勾搭搭，那便是同流合污了。」儀和怒道：「這位令狐大俠見義勇爲，急人之難，那才是眞正的大英雄、大丈夫，那像你們這種人，自居豪傑，其實卻是見死不救、臨難苟免的僞君子！」

岳不羣外號「君子劍」，華山門下最忌的便是「僞君子」這三字。勞德諾聽她言語中顯在譏諷師父，唰的一聲，長劍出鞘，直指儀和咽喉。這一招正是華山劍法中的妙著「有鳳來儀」。儀和沒料到他竟會突然出手，不及拔劍招架，劍尖已及其喉，一聲驚呼。跟著寒光閃動，七柄長劍已齊向勞德諾刺到。

勞德諾忙迴劍招架，可是只架開了刺向胸膛的一劍，嗤嗤聲響，恆山派的六柄長劍已在他衣衫上劃了六道口子，每一道口子都有一尺來長。總算恆山派弟子並沒想取他性命，每一劍都及身而止，只鄭萼功夫較淺，出劍輕重拿捏不準，劃破他右臂袖子之後，劍尖又刺傷了他右臂肌膚。勞德諾大驚，急向後躍，啪的一聲，懷中掉下一本册子。

日光照耀下，人人瞧得清楚，只見册子上寫著「紫霞秘笈」四字。

勞德諾臉色大變，急欲上前搶還。令狐冲叫道：「阻住他！」儀和這時已拔劍在手，唰唰唰連刺三劍。勞德諾舉劍架開，卻進不得一步。

岳靈珊道：「爹，這本秘笈，怎地在二師哥身上？」

令狐冲大聲問道：「勞德諾，六師弟是你害死的，是不是？」

那日華山絕頂上六弟子陸大有遭害，《紫霞秘笈》失蹤，始終是一絕大疑團，不料此刻恆山女弟子割斷了勞德諾衣衫的帶子，又劃破了他口袋，這本華山派鎮山之寶的內功秘笈竟掉了出來。

勞德諾喝道：「胡說八道！」突然矮身疾衝，闖入了一條小胡同中，飛奔而去。

令狐冲憤極，發足追去，只奔出幾步，便一晃倒地。儀琳和鄭萼忙奔過去扶起。

岳靈珊拾起册子，交給父親，道：「爹，原來是給二師哥偷了去的。」

岳不羣臉色鐵青，接過一看，果然便是本派歷祖相傳的內功秘笈，幸喜書頁完整，未遭損壞，恨恨的道：「都是你不好，拿了去給人，才會給勞德諾偷去。」

儀和口舌上不肯饒人，大聲道：「這才叫同流合污呢！」

于嫂走到令狐冲跟前，問道：「令狐大俠，覺得怎樣？」令狐冲咬牙道：「我師弟給這奸賊害死了，可惜追他不上。」見岳不羣及衆弟子轉身入內，掩上了鏢局大門，心想：「師父的大弟子學了魔教陰毒武功，二弟子又是個戕害同門、偷盜秘本的惡賊，難怪他老人家氣惱！」說道：「尊師被困，事不宜遲，咱們火速趕去救人要緊。勞德諾這惡賊，遲早會撞在我手裏。」于嫂道：「你身上有傷，如此……如此……唉，我不會說……」她是傭婦出身，此時在恆山派中雖身分已然不低，武功也自不弱，但知識有限，不知如何向他表示感激才好。

令狐冲道：「咱們快去騾馬市上，見馬便買。」掏出懷中金銀，交給于嫂。但市上買不夠馬匹，身量較輕的女弟子便二人共騎，出福州北門，向北飛馳。

奔出十餘里，只見一片草地上有數十匹馬放牧，看守的是六七名兵卒，當是軍營中的官馬。令狐冲道：「去把馬搶過來！」于嫂忙道：「這是軍馬，只怕不妥。」令狐冲道：「救人要緊，皇帝的御馬也搶了，管他甚麼妥不妥。」儀清道：「得罪了官府，只怕……」令狐冲大聲道：「救師尊要緊，還是守王法要緊？去他奶奶的官府不官府！我吳將軍就是官府。將軍要馬，小兵敢不奉號令嗎？」儀和道：「正是。」令狐冲叫道：「把這些兵卒點倒了，拉了馬走。」儀清道：「拉十二匹就夠了。」令狐冲叫道：「盡數都拉了來，路上好換騎。」

他呼號喝令，自有一番威嚴。自從定靜師太逝世後，恆山派弟子悽悽惶惶，六神無主，聽令狐冲這麼一喝，衆人便拍馬衝前，隨手點倒幾名牧馬的兵卒，將幾十匹馬都拉了過來。那些兵卒從未見過如此無法無天的尼姑和姑娘們，只叫得一兩句「幹甚麼？」「開甚麼玩笑？」已摔在地下，動彈不得。

衆弟子搶到馬匹，嘻嘻哈哈，嘰嘰喳喳，大爲興奮。大家貪新鮮，都躍到官馬之上，疾馳一陣。中午時分，來到一處市鎮上打尖。

鎮民見一羣女子和尼姑帶了大批馬匹，其中卻混著一個男人，無不大爲詫異。

吃過素餐粉條，儀清取錢會帳，低聲道：「令狐師兄，咱們帶的錢不夠了。」適才在騾馬市上買馬，衆人救師心切，那有心情討價還價，已將銀兩使了個乾淨，只剩下些銅錢。令狐冲道：「鄭師妹，你和于嫂牽一匹馬去賣了，官馬卻不能賣。」

鄭萼答應了，牽了馬和于嫂到市上去賣。衆弟子掩嘴偷笑，均想：「于嫂倒也罷了，鄭萼這樣嬌滴滴的一個小姑娘，居然在市上賣馬，倒也希罕得很。」但鄭萼聰明伶俐，能說會道，來到福建沒多日，天下最難講的福建話居然已給她學會了幾百句，不久便賣了馬，拿了錢來付帳。

傍晚時分，在山坡上遙遙望見一座大鎭，屋宇鱗比，至少有七八百戶人家。衆人到鎭上吃了飯，將賣馬錢會了鈔，已沒剩下多少。鄭萼興高采烈，笑道：「明兒咱們再賣一匹。」令狐冲低聲道：「你到街上打聽打聽，這鎭上最有錢的財主是誰，最壞的壞人是誰。」

鄭萼點點頭，拉了秦絹同去，過了小半個時辰，回來說道：「本鎭只一個大財主，姓白，外號叫做白剝皮，又開當鋪，又開米行。這人外號叫做白剝皮，想來爲人也好不了。」令狐冲笑道：「今兒晚上，咱們去跟他化緣。」鄭萼道：「這種人最是小氣，只怕化不到甚麼錢米。」令狐冲微笑不語，隔了一會，說道：「大夥兒上路罷。」

衆人眼見天色已黑，但想師尊有難，原該不辭辛勞，連夜趕路的爲是，當即出鎭向北。行不數里，令狐冲道：「行了，咱們便在這裏歇歇。」衆人依言在一條小溪邊坐地休息。令狐冲閉目養神，過了大半個時辰，睜開眼來，向于嫂和儀和道：「你們兩位各帶六位師妹，到白剝皮家去化緣，鄭師妹帶路。」

于嫂和儀和等心中奇怪，但還是答應了。令狐冲道：「至少得化五百兩銀子，最好是二千兩。」儀和大聲道：「啊喲，那能化到這麼多？」令狐冲道：「小小二千兩銀子，本將軍還不瞧在眼裏呢。二千兩，咱們自己使一千，餘下一千分了給鎮上窮人。」衆人這才恍然大悟，面面相覷。儀和道：「你是……是要咱們劫富濟貧？」令狐冲道：「劫是不劫的，咱們是化富濟貧。咱們幾十個人，身邊湊起來也沒幾兩銀子，那是窮得到了姥姥家啦。不請富家大舉布施，來周濟咱們這些貧民，怎到得了龍泉鑄劍谷哪？」

衆人聽到「龍泉鑄劍谷」五字，更無他慮，都道：「這就化緣去！」

令狐冲道：「這種化緣，只怕你們從來沒化過，法子有點兒小小不同。你們臉上用帕子蒙了起來，跟白剝皮化緣之時，也不用開口，見到金子銀子，隨手化了過來便是。」鄭萼笑道：「要是他不肯呢？」令狐冲道：「那就太也不識抬舉了。恆山派門下英傑，都是武林中非同小可之輩，旁人便用八人大轎來請，輕易也請不到你們上門化緣，是不是？白剝皮只不過是小小鎮上的一個土豪劣紳，在武林中有甚麼名堂位份？居然有十五位恆山派高手登門造訪，大駕光臨，那不是給他臉上貼金麼？他倘若當眞瞧你們不起，那也不妨跟他動手過招，比劃比劃。也不必倚多為勝，儘管公公道道，單打獨鬥，且看是白剝皮的武功厲害，還是咱們恆山派鄭師妹的拳腳了得。」

他這麼一說，眾人都笑了起來。羣弟子中幾個老成持重的如儀清等人，心下隱隱覺得不妥，暗想恆山派戒律精嚴，戒偷戒盜，這等化緣，未免犯戒。但儀和、鄭萼等已快步而去，那些心下不以為然的，也已來不及再說甚麼。

令狐冲一回頭，只見儀琳一雙妙目正注視著自己，微笑道：「小師妹，你說不對麼？」儀琳避開他眼光，低聲道：「我不知道。你說該這麼做，我……我想總是不錯的。」令狐冲道：「那日我想吃西瓜，你不也曾去田裏化了一個來嗎？」

儀琳臉上一紅，想起了當日和他在曠野共處的那段時光，便在此時，天際一個流星拖著一條長長的尾巴，閃爍而過。令狐冲道：「你記不記得心中許願的事？」儀琳低聲道：「怎麼不記得？」她轉過頭來，說道：「令狐師兄，這樣許願真的很靈。」令狐冲道：「是嗎？你許了個甚麼願？」儀琳低頭不語，心中想：「我許過幾千幾百個願，盼望能再見你，真的又見到你了。」

突然遠遠傳來馬蹄聲響，一騎馬自南疾馳而來，正是來自于嫂、儀和她們一十五人的去路，但她們去時並未乘馬，難道出了甚麼事？眾人都站了起來，向馬蹄聲來處眺望。

只聽得一個女子聲音叫道：「令狐冲，令狐冲！」令狐冲心頭大震，那正是岳靈珊的聲音，叫道：「小師妹，我在這裏！」儀琳身子一顫，臉色蒼白，退開一步。

黑暗中一騎白馬急速奔來，奔到離衆人數丈處，那馬一聲長嘶，人立起來，這才停住，顯是岳靈珊突然勒馬。令狐冲見她來得倉卒，暗覺不妙，叫道：「小師妹！師父、師母沒事嗎？」岳靈珊騎在馬上，月光斜照，雖只見到她半邊臉龐，卻也瞧見她鐵青著臉，只聽她大聲道：「誰是你師父、師母？我爹爹媽媽，跟你又有甚相干？」

令狐冲胸口猶如給人重重打了一拳，身子晃了晃，本來岳不羣對他十分嚴厲，但岳夫人和岳靈珊始終顧念舊情，沒令他難堪，此刻聽她如此說，不禁淒然道：「是，我已給逐出華山派門牆，無福再叫師父、師娘了。」岳靈珊道：「你既知不能叫，又掛在嘴上幹甚麼？」令狐冲垂頭不語，心如刀割。

岳靈珊哼了一聲，縱馬上前數步，說道：「拿來！」伸出了右手。令狐冲有氣沒力的道：「甚麼？」岳靈珊道：「到這時候還在裝腔作勢，能瞞得了我麼？」突然提高嗓子，叫道：「拿來！」令狐冲搖頭道：「我不明白。你要甚麼？」岳靈珊道：「要甚麼？要林家的辟邪劍譜！」令狐冲大奇，道：「辟邪劍譜？你怎會向我要？」

岳靈珊冷笑道：「不問你要，卻問誰要？那件袈裟，是誰從林家老宅中搶去的？」令狐冲道：「是嵩山派的兩個傢伙，一個叫甚麼『白頭仙翁』卜沉，一個叫『禿鷹』沙天江。」岳靈珊道：「這姓卜姓沙的兩個傢伙，是誰殺的？」令狐冲道：「是我。」岳靈珊道：「那件袈裟，又是誰拿了？」令狐冲道：「是我。」岳靈珊道：「那麼拿來！」

令狐冲道：「我受傷暈倒，蒙師……師……蒙你母親所救。此後這件袈裟，便不在我身上。」岳靈珊仰起頭來，打個哈哈，聲音中卻無半分笑意，說道：「依你說來，倒是我娘吞沒了？這等卑鄙無恥的話，虧你說得出口！」令狐冲道：「我決沒說是你母親吞沒。老天在上，令狐冲心中，可沒半分對你母親不敬之意。我只是說……只是說……」岳靈珊道：「甚麼？」令狐冲道：「你母親見到這件袈裟，得知是林家之物，自然交給了林師弟。」

岳靈珊冷冷的道：「我娘怎會來搜你身上之物？就算要交還林師弟，是你拚命奪來的物事，哼哼，你醒過來後，自己不會交還麼？怎會不讓你做這個人情？」

令狐冲心道：「此言有理。難道這袈裟又給人偷去了？」心中一急，背上登時出了一身冷汗，說道：「既是如此，其中必有別情。」將衣衫抖了抖，說道：「我全身衣物，俱在此處，你如不信，儘可搜檢。」

岳靈珊又一聲冷笑，說道：「你這人精靈古怪，拿了人家的物事，難道會藏在自己身上？再說，你手下這許多尼姑和尚、不三不四的女人，那一個不會代你收藏？」

岳靈珊如此審犯人般的對付令狐冲，恆山派羣弟子早已俱都忿忿不平，待聽她如此說，登時有幾人齊聲叫了出來：「胡說八道！」「甚麼叫做不三不四的女人！」「這裏有甚麼和尙了？」「你自己才不三不四！」

岳靈珊手持劍柄，大聲道：「你們是佛門弟子，糾纏著一個大男人，跟他日夜不離，那還不是不三不四？呸！好不要臉！」

恆山羣弟子大怒，唰唰唰之聲不絕，七八人都拔出了長劍。

岳靈珊一按劍上簧扣，唰的一聲，長劍出鞘，叫道：「你們要倚多爲勝，殺人滅口，儘管上來！岳姑娘怕了你們，也不是華山門下弟子了！」

令狐冲左手一揮，止住恆山羣弟子，嘆道：「你始終見疑，我也沒法可想。勞德諾呢？你怎不去問問他？他既會偷紫霞秘笈，說不定這件袈裟也是給他偷去了？」岳靈珊大聲道：「你要我去問勞德諾是不是？」令狐冲道：「正是！」岳靈珊喝道：「好，那你上來取我性命便是！你精通林家的辟邪劍法，我本來就不是你對手！」令狐冲奇道：「我……我怎會傷你？」岳靈珊道：「你要我去問勞德諾，你不殺了我，我怎能去陰世見著他？」

令狐冲又驚又喜，說道：「勞德諾他……他給師……師……給你爹爹殺了？」他知勞德諾帶藝投師，華山門下除自己之外，要數他武功最強，若非岳不羣親自動手，旁人也除不了他。此人害死陸大有，自己恨之入骨，聽說已死，實是一件大喜事。

岳靈珊冷笑道：「大丈夫一身做事一身當，你殺了勞德諾，又爲何不認？」令狐冲奇道：「你說是我殺的？倘若眞是我殺的，卻何必不認？此人害死六師弟，早就死有餘辜，我恨不得親手殺了他。」

岳靈珊大聲道：「那你爲甚麼又害死八師哥？他可沒得罪你啊，你……你好狠心！」

令狐冲更大吃一驚，顫聲道：「八師弟跟我向來很好，我……我怎會殺他？」岳靈珊道：「你……你自從跟魔教妖人勾結之後，行爲反常，誰又知道你爲甚麼……爲甚麼要殺八師哥，你……你……」說到這裏，不禁垂下淚來。令狐冲踏上一步，說道：「小師妹，你可別胡亂猜想。八師弟他年紀輕輕，和人無冤無仇，別說是我，誰都不會忍心害他。」岳靈珊柳眉突然上豎，厲聲道：「那你又爲甚麼忍心殺害小林子？」

令狐冲大驚失色，道：「林師弟……他……他也死了？」岳靈珊道：「現下還沒死，你一劍沒砍死他，可是……可是誰也不知他……他……能不能好。」說到這裏，嗚咽起來。令狐冲舒了口氣，問道：「他受傷很重，是嗎？他自然知道是誰砍他的。他怎麼說？」岳靈珊道：「世上又有誰像你這般狡猾？你在他背後砍他，他……他背後又沒生眼睛。」

令狐冲心頭酸苦，氣不可遏，拔出腰間長劍，一提內力，運勁於臂，呼的一聲，擲了出去。那劍平平飛出，削向一株徑長尺許的大烏柏樹，劍刃攔腰而過，將那大樹居中截斷。半截大樹搖搖晃晃的摔將下來，砰的一聲大響，地下飛沙走石，塵土四濺。

岳靈珊見到這等威勢，情不自禁的勒馬退了兩步，說道：「怎麼？你學會了魔教妖法，武功厲害，向我顯威風麼？」

令狐冲搖頭道：「我如要殺林師弟，不用在他背後動手，更不會一劍砍他不死。」

岳靈珊道：「誰知你心中打甚麼鬼主意了？哼，定是八師哥見到你的惡行，你這才殺他滅口，還將他面目剁得稀爛，便如你對付二……勞德諾一般。」

令狐冲沉住了氣，情知這中間定有一件自己眼下猜想不透的大陰謀，問道：「勞德諾的面目，也給人剁得稀爛了？」岳靈珊道：「是你親手幹下的好事，難道自己不知道？卻來問我！」令狐冲道：「華山派門下，更有何人受到損傷？」岳靈珊道：「你殺了兩個，傷了一個，這還不夠麼？」

令狐冲聽她這般說，知華山派中並沒旁人再受到傷害，心下略寬，尋思：「這是誰下的毒手？」突然間心中一涼，想起任我行在杭州孤山梅莊所說的話來，他說自己倘若不允加入魔教，便要將華山派盡數屠滅，莫非他已來到福州，起始向華山派下手？急道：「你……你快回去，稟告你爹爹、媽媽，恐怕……恐怕是魔教的大魔頭來對華山派痛下毒手了。」

岳靈珊扁了扁嘴，冷笑道：「不錯，確是魔教的大魔頭在對我華山派痛下毒手。不過這個大魔頭，以前卻是華山派的。這才叫做養虎貽患，恩將仇報！」

令狐冲只有苦笑，心想：「我答允去龍泉相救定閒、定逸兩位師太，可是我師父、師娘他們又面臨大難，這可如何是好？倘若眞是任我行施虐，我自然也決不是他敵手，但恩師、師娘有難，縱然我趕去徒然送死，無濟於事，也當和他們同生共死。事有輕重，情有親疏，恆山派的事，只好讓她們自己先行料理了。要是能阻擋了任我行，當再趕去龍泉赴援。」他心意已決，說道：「今日自離福州之後，我跟恆山派的這些師姊們一直在一起，怎能分身去殺八師弟、勞德諾？你不妨問問她們。」

岳靈珊道：「哼，我問她們？她們跟你同流合污，難道不會跟你圓謊麼？」恆山衆弟子一聽，又有七八個叫嚷起來。幾個出家人言語還算客氣，那些俗家弟子卻罵得甚是尖刻。

岳靈珊勒馬退開幾步，說道：「令狐冲，小林子受傷極重，昏迷之中仍掛念劍譜，你如還有半點人性，便該將劍譜還了給他。否則……否則……」令狐冲道：「你瞧我眞是如此卑鄙無恥之人麼？」岳靈珊怒道：「你若不卑鄙無恥，天下再沒卑鄙無恥之人了！」

儀琳在旁聽著二人對答之言，心中激動，這時再也忍不住，說道：「岳姑娘，令狐師兄對你好得很。他心中對你實在是眞心誠意，你爲甚麼這樣兇的罵他？」岳靈珊冷笑道：「他對我好不好，你是出家人，又怎麼知道了？」儀琳突然感到一陣驕傲，只覺令狐冲受人冤枉誣蔑，自己縱然百死，也要爲他辯白，至於佛門中的清規戒律，日後師父如何責備，一時全都置之腦後，當即朗聲說道：「是令狐師兄親口跟我說的。」岳靈珊道：「哼，他連這種事也對你說。他……他就是想對我好，這才出手加害林師弟。」

令狐冲嘆了口氣，說道：「儀琳師妹，不用多說了。貴派的天香斷續膠和白雲熊膽丸治傷大有靈效，請你給一點我師……給一點岳姑娘，讓她帶去救人治傷。」

岳靈珊一抖馬頭，轉身而去，說道：「你一劍斬他不死，還想再使毒藥麼？我才不上你當。令狐冲，小林子倘若好不了，我……我……」說到這裏，語音已轉成了哭聲，急抽馬鞭，疾馳向南。

令狐冲聽著蹄聲漸遠，心中一片酸苦。

秦絹道：「這女人這樣潑辣，讓她那個小林子死了最好。」儀眞道：「秦師妹，咱們身在佛門，慈悲爲懷，這位姑娘雖然不是，卻也不可咒人死亡。」

令狐冲心念一動，道：「儀眞師妹，我有一事相求，想請你辛苦一趟。」儀眞道：「令狐師兄但有所命，自當遵依。」令狐冲道：「不敢。那個姓林之人，是我的同門師弟，據那位岳姑娘說受傷甚重。我想貴派的金創藥靈驗無比……」儀眞道：「你要我送藥去給他，是不是？好，我這就回福州城去。儀靈師妹，你陪我同去。」令狐冲拱手道：「有勞兩位師妹大駕。」儀眞道：「令狐師兄一直跟咱們在一起，怎會去殺人了？這樣冤枉人，我們也須向岳師伯分說分說。」

令狐冲搖頭苦笑，心想師父只當我已然投入魔教麾下，無所不爲，無惡不作，那還能信你們的話？見儀眞、儀靈二人馳馬而去，心想：「她們對我的事如此熱心，我若撇下她們，回去福州，此心何安？何況定閒師太她們確是爲敵所困，而任我行是否來到福州，我卻一無所知……」見秦絹過去拾起斬斷大樹的長劍，給他插入腰間劍鞘，忽然想起：「我說如要殺死林平之，何必背後斬他？又豈會一劍斬他不死？倘若下手之人是任我行，他更怎會一劍斬他不死？那定是另有其人了。只須不是任我行，我師父怕他何來？」

想到此節，心下登時一寬，只聽得遠處腳步聲響，聽來人數目，當是于嫂她們化緣回來了。果然過不多時，儀和等十五人奔到跟前。于嫂說道：「令狐少俠，咱們化……化了不少金銀，可使不了……使不了這許多。黑夜之中，也不能分些去救濟貧苦。」儀和道：「這當兒去龍泉要緊。濟貧的事，慢慢再辦不遲。」轉頭向儀淸道：「剛才道上遇到了個年輕女子，你們見到沒有？也不知是甚麼來頭，卻跟我們動上了手。」

令狐冲驚道：「跟你們動上了手？」儀和道：「是啊。黑暗之中，這女子騎馬衝來，一見到我們，便罵甚麼不三不四的尼姑，甚麼也不怕醜。」令狐冲暗暗叫苦，忙問：「她受傷重不重？」儀和奇道：「咦，你怎知她受了傷？」令狐冲心想：「她這樣罵你們，你又是這等火爆霹靂的脾氣，她一個對你們一十五人，豈有不受傷的？」又問：「她傷在那裏？」

儀和道：「我先問她，爲甚麼素不相識，一開口就罵人？她說：『哼，我才識得你們呢。你們是恆山派中一羣不守清規的尼姑。』我說：『甚麼不守清規？胡說八道，你嘴裏放乾淨些。』她馬鞭一揚，不再理我，喝道：『讓開！』我伸手抓住了她馬鞭，也喝道：『讓開！』這樣便動起手來啦。」

于嫂道：「她拔劍出手，咱們便瞧出她是華山派的，黑暗之中當時看不清面貌，後來認出好像便是岳先生的小姐。我急忙喝阻，可是她手臂上已中了兩處劍傷，卻也不怎麼重。」儀和笑道：「我可早認出來啦。他們華山派在福州城中，對令狐師兄好生無禮，咱們恆山派有難，又都袖手不理，全沒義氣，全沒心肝。我有心要她吃點苦頭。」

鄭萼道：「儀和師姊對這岳姑娘確是手下留情，那一招『金針渡劫』砍中了她左膀，只輕輕一劃，便收了轉來，若是眞打哪，還不卸下了她一條手臂。」

令狐冲心想一波未平，一波又起，小師妹心高氣傲，素來不肯認輸，今晚這一戰定然認爲是畢生奇恥大辱，多半還要怪在自己頭上。一切都是運數使然，那也無可如何，好在她受傷不重，料想當無大礙。

鄭萼早瞧出令狐冲對這岳姑娘關心殊甚，說道：「咱們倘若早知是令狐師兄的師妹，就讓她罵上幾句也沒甚麼，偏生黑暗之中甚麼也瞧不清楚。日後見到，倒要向她賠個罪才是。」儀和氣忿忿的道：「賠甚麼罪？咱們又沒得罪她，是她一開口就罵人。走遍天下，也沒這個道理！」

令狐冲道：「幾位化到了緣，咱們走罷。那白剝皮怎樣？」他心中難過，不願再提岳靈珊之事，便岔開了話題。

儀和等人說起化緣之事，大爲興奮，登時滔滔不絕，還道：「平時向財主化緣，要化一兩二兩銀子也爲難得緊，今晚卻一化便是幾千兩。」鄭萼笑道：「那白剝皮躺在地下，又哭又嚷，說道幾十年心血，一夜之間便化爲流水。」秦絹笑道：「誰叫他姓白呢？他去剝人家的皮，搜刮財物，到頭來還是白白的一場空。」

衆人笑了一陣，但不久便想起二位師尊被困，心情又沉重起來。

令狐冲道：「咱們盤纏有了著落，這就趕路罷！」

幾碗酒一下肚，一個寒酸落拓的莫大先生突然顯得逸興遄飛，連連呼酒，只是他酒量和令狐冲差得甚遠，再喝得幾碗後，便已滿臉通紅，醉態可掬。

二五　聞訊

一行人縱馬疾馳，每天只睡一兩個時辰，沿途毫無躭擱，數日後便到了浙南龍泉。令狐冲給卜沉和沙天江二人砍傷，流血雖多，畢竟只皮肉之傷。他內力渾厚，兼之內服外敷恆山派的治傷靈藥，到得浙江境內時已好了大半。

衆弟子心下焦急，甫入浙境便即打聽鑄劍谷的所在，但沿途鄉人均無所知。到得龍泉城內，見鑄刀鑄劍鋪甚多，可是向每家刀劍鋪打聽，竟沒一個鐵匠知道鑄劍谷的所在。衆人大急，再問可見到兩位年老尼姑，有沒聽到附近有人爭鬥打架。衆鐵匠都說並沒聽到有甚麼人打架，至於尼姑，那是常常見到的，城西水月庵中便有好幾個尼姑，卻也不怎麼老。

衆人問明水月庵的所在，當即馳馬前往，到得庵前，只見庵門緊閉。

鄭萼上前打門，半天也沒人出來。儀和見鄭萼又打了一會門，沒聽見庵中有絲毫聲音，不耐再等，便即拔劍出鞘，越牆而入。儀清跟著躍進。儀和道：「你瞧，這是甚麼？」指著地下。只見院子中有七八枚亮晶晶的劍頭，顯是給人用利器削下來的。儀和叫道：「庵裏有人麼？」尋向後殿。儀清拔門開門，讓令狐冲和衆人進來。她拾起一枚劍頭，交給令狐冲道：「令狐師兄，這裏有人動過手。」

令狐冲接過劍頭，見斷截處極是光滑，問道：「定閒、定逸兩位師伯，使的可是寶劍麼？」儀清道：「她二位老人家都不使寶劍。掌門師叔曾道，只須劍法練得到了家，便木劍竹劍，也能克敵制勝。她老人家又道，寶刀寶劍太過霸道，稍有失手，便取人性命，殘人肢體……」令狐冲沉吟道：「那麼這不是兩位師伯削斷的？」儀清點了點頭。

只聽得儀和在後殿叫道：「這裏又有劍頭。」衆人跟著走向後殿，見殿堂中地下桌上，到處積了灰塵。天下尼庵佛堂，必定洒掃十分乾淨，這等塵封土積，至少也有數日沒人居住了。令狐冲等又來到庵後院子，只見好幾株樹木爲利器劈斷，檢視斷截之處，當也已歷時多日。後門洞開，門板飛出在數丈之外，似是給人踢開的。

後門外一條小徑通向羣山，走出十餘丈後，便分爲兩條岔路。

儀清叫道：「大夥兒分頭找找，且看有無異狀。」過不多時，秦絹在右首的岔路上叫了起來：「這裏有一枝袖箭。」又有一人跟著叫道：「鐵錐！有一枚鐵錐。」眼見這條小路通入一片丘嶺起伏的羣山，衆人當即向前疾馳，沿途不時見到暗器和斷折的刀劍，草叢間尚有乾了的大片血漬。

突然之間，儀清「啊」的一聲叫了出來，從草叢中拾起一柄長劍，向令狐冲道：「本門的兵器！」令狐冲道：「定閒、定逸兩位師太和人相鬥，定是向這裏過去。」衆人皆知掌門人和定逸師太定是鬥不過敵人，從這裏逃了下去，令狐冲這麼說，不過措詞冠冕些而已。眼見一路上散滿了兵刃暗器，料想這場爭鬥定然十分慘烈，事隔多日，不知是否還來得及相救。衆人憂心忡忡，發足急奔。

山路越走越險，盤旋而上，繞入了後山。行得數里，遍地皆是亂石，已無道路可循。恆山派中武功較低的弟子儀琳、秦絹等已然墮後。

又走一陣，山中更無道路，亦不再見有暗器等物指示方向。

衆人正沒做理會處，突見左側山後有濃煙升起。令狐冲道：「咱們快到那邊瞧瞧。」疾向該處奔去。但見濃煙越升越高，繞過一處山坡後，眼前好大一個山谷，谷中烈燄騰空，柴草燒得噼啪作響。令狐冲隱身石後，回身揮手，叫儀和等人不可作聲。

便在此時，聽得一個蒼老的男子聲音叫道：「定閒、定逸，今日送你們一起上西方極樂世界，得證正果，不須多謝我們啦。」令狐冲心中一喜：「兩位師太並未遭難，幸喜沒來遲。」又有一個男子聲音叫道：「東方教主好好勸你們歸降投誠，你們偏偏固執不聽，自今而後，武林中可再沒恆山一派了。」先前那人叫道：「你們可怨不得我日月神教心狠手辣，只好怪自己頑固，累得許多年輕弟子枉自送了性命，實在可惜。哈哈，哈哈！」

眼見谷中火頭越燒越旺，顯是定閒、定逸兩位師太已給困在火中，令狐冲執劍在手，提一口氣，長聲叫道：「大膽魔教賊子，竟敢向恆山派衆位師太爲難。五嶽劍派的高手四方來援，賊子還不投降？」口中叫嚷，向山谷衝了下去。

一到谷底，便是柴草阻路，枯枝乾草堆得兩三丈高，令狐冲更不思索，踴身從火堆中跳將進去。幸好火圈之中柴草燃著的還不甚多，他搶前幾步，見有兩座石窯，卻不見有人，便叫：「定閒、定逸兩位師太，恆山派救兵來啦！」

這時儀和、儀清、于嫂等衆弟子也在火圈外縱聲大呼，大叫：「師父、師叔，弟子們都到了。」跟著敵人呼叱之聲大作：「一起都宰了！」「都是恆山派的尼姑！」「虛張聲勢，甚麼五嶽劍派的高手。」隨即兵刃相交，恆山派衆弟子和敵人交上了手。

只見窯洞口中一個高大人影鑽了出來，滿身血跡，正是定逸師太，手執長劍，當門而立，雖衣衫破爛，臉有血污，但這麼一站，仍神威凜凜，不失一代高手的氣派。

她一見令狐冲，怔了一怔，道：「你……你是……」令狐冲道：「弟子令狐冲。」定逸師太道：「我正識得你是令狐冲！」她在衡山羣玉院外，曾隔窗見過令狐冲一面。

令狐冲道：「弟子開路，請衆位一齊衝殺出去。」俯身拾起一根長條樹枝，挑動燃著的柴草。定逸師太道：「你已投入魔教……」

便在此時，只聽得一人喝道：「甚麼人在這裏搗亂！」刀光閃動，一柄鋼刀在火光中劈將下來。令狐冲眼見火勢甚烈，情勢危急，而定逸師太對自己大有見疑之意，竟不肯隨己衝出，當此情勢，只有快刀斬亂麻，大開殺戒，方能救得衆人脫險，當即退了一步。那人一刀不中，第二刀又復砍下。令狐冲長劍削出，嗤的一聲響，將他右臂連刀一齊斬落。卻聽得外邊一個女子尖聲慘叫，當是恆山派女弟子遭了毒手。

令狐冲一驚，急從火圈中躍出，但見山坡上東一團、西一堆，數百人已鬥得甚急。恆山派羣弟子七人一隊，組成劍陣與敵人相抗，但也有許多人落了單，不及組成劍陣，便已與敵人接戰。組成劍陣的即使未佔上風，一時之間也是無礙，但各自爲戰的凶險百出，已有兩名女弟子在這頃刻之間屍橫就地。

令狐冲雙目向戰場掃了一圈，見儀琳和秦絹二人背靠背的正和三名漢子相鬥。他提氣急衝過去，猛見青光閃動，一柄長劍疾刺而至。令狐冲長劍挺出，刺向那人咽喉，登即了帳。幾個起落，已奔到儀琳之前，一劍刺入一名漢子背心，又一劍從另一名漢子脅下通入。第三名漢子舉起鋼鞭，正要往秦絹頭頂砸下，令狐冲長劍反迎上去，將他一條手臂齊肩卸落。

儀琳臉色慘白，露出一絲笑容，說道：「阿彌陀佛，令狐師兄。」

令狐冲放眼見于嫂爲兩名好手攻得甚急，縱身過去，唰唰兩劍，一中小腹、一斷右腕，敵方兩名好手一死一傷；他回過身來，長劍到處，三名正和儀和、儀淸劇鬥的漢子在慘呼聲中倒地不起。

只聽得一個蒼老的聲音叫道：「合力料理他，先殺了這廝！」三條灰影應聲撲至，三劍齊出，分指令狐冲咽喉、胸口和小腹。這三劍劍招精奇，勢道凌厲，實是第一流好手的劍法。令狐冲一驚，心道：「這是嵩山派劍法！難道他們竟是嵩山派的？」

他心念只這麼一動，敵人三柄長劍的劍尖已逼近他三處要害。令狐冲運起「獨孤九劍」中「破劍式」要訣，長劍圈轉，將敵人攻來的三劍一齊化解了，劍意未盡，又將敵人逼得退開了兩步。只見左首是個胖大漢子，四十來歲年紀，頦下一部短鬚。居中是個乾瘦老者，皮色黝黑，雙目炯炯。他不及瞧第三人，斜身竄出，反手唰唰兩劍，刺倒了兩名正在夾攻鄭蕚的敵人。那三人大聲吼叫，追了上來。令狐冲已打定主意：「這三人劍法甚高，一時三刻打發不了。纏鬥一久，恆山門下損傷必多。」他提起內力，足下絲毫不停，東刺一招，西削一劍，長劍到處，必有一名敵人受傷倒地，甚或中劍身亡。

那三名高手大呼追來，可是和他始終相差丈許，追趕不及。只一盞茶功夫，已有三十餘名敵人死傷在令狐冲劍下，果眞是當者披靡，無人能擋得住他的一招一式。敵方頃刻間損折了三十餘人，強弱之勢登時逆轉。令狐冲每殺傷得幾名敵人，恆山派女弟子便有數人緩出手來，轉去相助同門，原是以寡敵衆，反過來漸漸轉爲以強凌弱，越來越佔上風。

令狐冲心想今日這一戰性命相搏，決不能有絲毫容情，若不在極短時刻內殺退敵人，火勢漸旺，困在石窯中的定閒師太等人便沒法脫險。他奔行如飛，忽而直衝，忽而斜進，足跡所到處，丈許內的敵人無一得能倖免，過不多時，又有二十餘人倒地。

定逸站在窯頂高處，見令狐冲如此神出鬼沒的殺傷敵人，劍法之奇，直是生平從所未見，心喜之餘，詫異中再加駭然。

餘下敵人尚有四五十名，眼見令狐冲如鬼如魅，直非人力所能抵擋，驀地裏發一聲喊，有二十餘人向樹叢中逃了進去。令狐冲再殺數人，其餘各人更無鬥志，也即逃個乾乾淨淨。只有那三名高手仍在他身後追逐，但相距漸遠，顯然也已大有怯意。

令狐冲立定腳步，轉過身來，喝道：「你們是嵩山派的，是不是？」

那三人急向後躍。一個高大漢子喝道：「閣下何人？」

令狐冲不答，向于嫂等人叫道：「快撥開火路救人。」衆弟子砍下樹枝，撲打燃著的柴草。儀和等幾名弟子已躍進火圈。枯枝乾草一經著火，再也撲打不熄，但十餘人合力撲打之下，火圈中已開了個缺口，儀和等人從窯中扶了幾名奄奄一息的尼姑出來。

令狐冲問道：「定閒師太怎樣了？」只聽得一個蒼老的女子聲音說道：「有勞掛

懷！」一個中等身材的老尼從火圈中緩步而出。她月白色的衣衫上既無血跡，亦無塵土，手中不持兵刃，左手拿著一串念珠，面目慈祥，神定氣閒。令狐冲大爲詫異，心想：「這位定閒師太竟如此鎮定，身當大難，卻沒半分失態，當眞名不虛傳。」當即躬身行禮，說道：「拜見師太。」定閒師太合什回禮，卻道：「有人偷襲，小心了。」

令狐冲應道：「是！」側身窺敵，反手揮劍，擋開了那胖大漢子刺過來的一劍，說道：「弟子赴援來遲，請師太恕罪。」噹噹連聲，又擋開身旁刺來的兩劍。

這時火圈中又有十餘名尼姑出來，更有人背負著屍體。定逸師太大踏步走出，厲聲罵道：「無恥奸徒，這等狼子野心……」她袍角著火，正向上延燒，她卻置之不理。于嫂過去爲她撲熄。令狐冲道：「兩位師太無恙，實是萬千之喜。」

身後嗤嗤風響，三柄長劍同時刺到，令狐冲此刻不但劍法精奇，內功之強也已當世少有匹敵，火光濃煙之中，只一瞥之間，已知敵招來路，長劍揮出，反刺敵人手腕。那三人武功極高，急閃避過，但那高大漢子的手背還是給劃了一道口子，鮮血涔涔。

令狐冲道：「兩位師太，嵩山派是五嶽劍派之首，和恆山派同氣連枝，何以忽施偷襲，實令人大惑不解。」

定逸師太問道：「師姊呢？她怎麼沒來？」秦絹哭道：「師……師父爲奸人圍攻，力戰圓……圓寂了……」定逸師太悲憤交集，罵道：「好賊子！」踏步上前，可是只走得兩步，身子一晃，便即坐倒，口中鮮血狂噴。

嵩山派三名高手接連變招，始終奈何不了令狐冲分毫，眼見他一面跟定閒、定逸兩位師太說話，只眼角微斜，反手持劍，劍招已神妙難測，倘若正面攻戰，更怎能是他之敵？三人暗暗叫苦，只想脫身逃走。

令狐冲轉過身來，唰唰數劍急攻，劍招之出，對左首敵人攻其左側，對右首敵人攻其右側，逼得三人越擠越緊。他一柄長劍將三人圈住，連攻一十八劍，那三人擋了一十八招，竟沒餘裕能還得一手。三人所使均是嵩山派的精妙劍法，但在「獨孤九劍」的攻擊之下，全無還手餘地。令狐冲有心逼得他們施展本門劍法，再也無可抵賴，眼見三人滿臉都是汗水，神情猙獰可怖，但劍法卻並不散亂，顯然每人數十年的修為，均是大非尋常。

定閒師太說道：「阿彌陀佛，善哉善哉！趙師兄、張師兄、司馬師兄，我恆山派和貴派無怨無仇，三位何以如此苦苦相逼，竟要縱火將我燒成焦炭？難道是奉了左掌門的號令嗎？貧尼不明，倒要請教。」

那嵩山派三名好手正是姓趙、姓張、姓司馬。三人極少在江湖上走動，只道自己身分十分隱秘，本已給令狐冲迫得手忙腳亂，忽聽定閒師太叫了姓氏出來，都是一驚。嗆啷、嗆啷兩響，兩人手腕中劍，長劍落地。令狐冲劍尖指在那姓趙矮小老者喉頭，喝道：「撤劍！」那老者長嘆一聲，說道：「天下居然有這等武功，這等劍法！趙某人栽在閣下劍底，卻也不算冤枉。」手腕一振，內力到處，手中長劍斷為七八截，掉在地下。

令狐沖退開幾步，儀和等七人各出長劍，圍住三人。

定閒師太緩緩的道：「貴派意欲將五嶽劍派合而為一，併成一個五嶽派。貧尼以恆山派傳世數百年，不敢由貧尼手中而絕，拒卻了貴派的倡議。此事本來儘可從長計議，何以各位竟冒充魔教，痛下毒手，要將我恆山派盡數誅滅。如此行事，那不是太霸道了些嗎？」

定逸師太怒道：「師姊跟他們多說甚麼？一概殺了，免留後患，咳……咳……」她咳得幾聲，又大口吐血。

那姓司馬的高大漢子道：「我們是奉命差遣，內中詳情，一概不知……」那姓趙老者怒道：「任他們要殺要剮便了，你多說甚麼？」那姓司馬的給他這麼一喝，便不再說，臉上頗有慚愧之意。

定閒師太說道：「三位三十年前橫行冀北，後來突然銷聲匿跡。貧尼還道三位已然大徹大悟，痛改前非，卻不料暗中投入嵩山派，另有圖謀。唉，嵩山派左掌門一代高人，卻收羅了許多左道……這許多江湖異士，和同道中人為難，眞是居心……唉，令人大惑不解。」她雖當此大變，仍不願出言傷人，說話自覺稍有過份，便即轉口，長嘆一聲，問道：「我師姊定靜師太，也是傷在貴派之手嗎？」

那姓司馬的先前言語中露了怯意，急欲挽回顏面，大聲道：「不錯，那是鍾師弟……」那姓趙老者「嘿」的一聲，向他怒目而視。那姓司馬的才知失言，兀自說道：「事已如此，還隱瞞甚麼？左掌門命我們兵分兩路，各赴浙閩幹事。」

定閒師太道：「阿彌陀佛，阿彌陀佛。左掌門已身為五嶽劍派盟主，位望何等尊崇，何必定要歸併五派，由一人出任掌門？如此大動干戈，傷殘同道，豈不為天下英雄所笑？」定逸師太厲聲道：「師姊，賊子野心，貪得無厭……你……」定閒師太揮了揮手，向那三人說道：「天網恢恢，疏而不漏。多行不義，必遭惡報。你們去罷！相煩三位奉告左掌門，恆山派從此不再奉左掌門號令。敝派雖都是孱弱女子，卻也決計不屈於強暴。左掌門併派之議，恆山派恕不奉命。」

儀和叫道：「掌門師叔，他們……他們好惡毒……」定閒師太道：「撤了劍陣！」儀和應道：「是！」長劍一舉，七人收劍退開。

這三名嵩山派好手萬料不到居然這麼容易便獲釋放，不禁心生感激，向定閒師太躬身行禮，轉身飛奔而去。那姓趙的老者奔出數丈，停步回身，朗聲道：「請問這位劍法通神的少俠尊姓大名。在下今日栽了，不敢存報仇之望，卻想得知是栽在那一位英雄的劍底。」

令狐冲笑笑不答。儀和朗聲道：「這位令狐冲令狐少俠，以前是華山派的，現今無門無派，行俠江湖，是我恆山派的好朋友！」

那老者說道：「令狐少俠劍法高妙，在下拜服！」長嘆一聲，轉頭而去。

其時火頭越燒越旺，嵩山派死傷的人衆橫七豎八的躺在地下。十餘名傷勢較輕的慢慢爬起走開，重傷的臥於血泊之中，眼見火勢便要燒到，無力相避，有的便大聲呼救。

定閒師太道：「這事不與他們相干，皆因左掌門一念之差而起。于嫂、儀淸，便救他們一救。」衆人知掌門人素來慈悲，不敢違拗，當下分別去檢視嵩山派中死傷之輩，只要尙有氣息的，便扶在一旁，取藥給之敷治。

定閒師太舉首向南，淚水滾滾而下，叫道：「師姊！」身子晃了兩下，向前直摔下去。衆人大驚，搶上扶起，只見她口中一道道鮮血流出，而定逸師太傷勢亦重。衆弟子十分惶急，不知如何是好，一齊望著令狐冲，要聽他的主意。

令狐冲道：「快給兩位師太服用傷藥。受傷的先裹傷止血。此處火氣仍烈，大夥兒到那邊休息。請幾位師姊去找些野果或甚麼吃的。」衆人應命，分頭辦事。鄭萼、秦絹用水壺裝了山水，服侍定閒、定逸以及受傷的衆位同門喝水服藥。

龍泉一戰，恆山派弟子死了三十七人。衆弟子想起定靜師太和戰死了的師姊師妹，盡皆傷感，突然有人放聲大哭，餘人也都哭了起來。霎時之間，山谷中充滿了悲號之聲。

定逸師太厲聲喝道：「死的已經死了，怎地如此想不開？大家平時學佛誦經，爲的便是參悟這『生死』兩字，一副臭皮囊，又有甚麼好留戀的？」衆弟子素知這位師太性如烈火，誰也不敢拗她之意，當下便收了哭聲，但許多人兀自抽噎不止。定逸師太又道：「師姊到底如何遭難？萼兒，你口齒清楚些，給掌門人稟告明白。」

鄭萼應道：「是。」站起身來，將如何仙霞嶺中魔教之伏，得令狐冲援手，如何廿八鋪爲敵人迷藥迷倒遭擒，如何定靜師太爲嵩山派鍾鎭所脅，又受蒙面人圍攻，幸得令狐冲趕到殺退，而定靜師太終於傷重圓寂等情，一一說了。

定逸師太道：「這就是了。嵩山派的賊子冒充魔教，脅迫師姊贊同併派之議。哼，用心好毒。倘若你們皆爲嵩山派所擒，師姊便欲不允，那也不可得了。」她說到後來，已氣力不繼，聲音漸漸微弱，喘息了一會，又道：「師姊在仙霞嶺遭到圍攻，便知敵人不是易與之輩，信鴿傳書，要我們率衆來援，不料……不料……這件事，也落在敵人算中。」

定閒師太座下的二弟子儀文說道：「師叔，你請歇歇，弟子來述說咱們遇敵的經過。」定逸師太怒道：「有甚麼經過？水月庵中敵人夜襲，乒乒乓乓的一直打到今日。」儀文道：「是。」仍簡述數日來遇敵的情景。

原來當晚嵩山派大舉來襲，各人也都蒙面，冒充是魔教教衆。恆山派倉卒受攻，當時大有覆沒之虞，幸好水月庵也是武林一脈，庵中藏得五柄龍泉寶劍，住持清曉師太在危急中將寶劍分交定閒、定逸等禦敵。龍泉寶劍削鐵如泥，既將敵人兵刃削斷了不少，又傷了不少敵人，這才且戰且退，逃到了這山谷之中。淸曉師太卻因護友殉難。這山谷舊產精鐵，數百年前原是鑄劍之所，後來精鐵採完，鑄劍爐搬往別處，只剩下幾座昔日煉焦的石窯。也幸得這幾座石窯，恆山派才支持多日，未遭大難。嵩山派久攻不下，堆積柴草，使起火攻毒計，倘若令狐冲等來遲半日，衆人勢難倖免了。

定逸師太不耐煩去聽儀文述說往事，雙目瞪著令狐冲，突然說道：「你……你很好啊。你師父爲甚麼將你逐出門牆？說你和魔教勾結？」令狐冲道：「弟子交遊不愼，確是結識了幾個魔教中的人物。」定逸師太哼了一聲，道：「像嵩山派這等狼子野心，卻比魔教更加不如了。哼，正教中人，就一定比魔教好些嗎？」

儀和道：「令狐師兄，我不敢說你師父的是非。可是他……他明知我派有難，卻袖手旁觀，這中間……這中間……說不定他早已贊成嵩山派的併派之議了。」

令狐冲心中一動，覺這話也未嘗無理，但他自幼崇仰恩師，心中決不敢對他存絲毫不敬的念頭，道：「我恩師也不是袖手旁觀，多半他老人家另有要事在身……這個……」

定閒師太一直在閉目養神，這時緩緩睜開眼來，說道：「敝派數遭大難，均蒙令狐少俠援手，這番大恩大德……」令狐冲忙道：「弟子稍效微勞，師伯之言，弟子可萬不敢當。」定閒師太搖了搖頭，道：「少俠何必過謙？岳師兄不能分身，派他大弟子前來效力，那也是一樣。儀和，可不能胡言亂語，對尊長無禮。」儀和躬身道：「是，弟子不敢了。不過……不過令狐師兄已給逐出華山派，岳師伯早已不要他了。他也不是岳師伯派來的。」定閒師太微微一笑，道：「你就是不服氣，定要辯個明白。」

儀和忽然嘆了口氣，說道：「令狐師兄若是女子，那就好了。」定閒師太問道：「為甚麼？」儀和道：「他已給逐出華山派，無所歸依，如是女子，便可改入我派。他和我們共歷患難，已是自己人一樣……」定逸師太喝道：「胡說八道，你年紀越大，說話越像個孩子。」定閒師太微微一笑，道：「岳師兄一時誤會，將來辨明眞相，自會將令狐少俠重收門牆。嵩山派圖謀之心，不會就此便息，華山派也正要倚仗令狐少俠呢。就算他不回華山，以他這樣的胸懷武功，就是自行創門立派，也非難事。」

鄭蕚道：「掌門師伯說得眞對。令狐師兄，華山派這些人都對你這麼兇，你就來自創一個……創個『令狐派』給他們瞧瞧。哼，難道非回華山派不可，好希罕麼？」令狐冲臉現苦笑，道：「師伯獎飾之言，弟子何以克當？但願恩師日後能原恕弟子過失，得許重入門牆，弟子便更無他求了。」秦絹道：「你更無他求？你小師妹呢？」

令狐冲搖了搖頭，岔開話頭，說道：「一衆殉難的師姊遺體，咱們是就地安葬呢，還是火化後將骨灰運回恆山？」

定閒師太道：「都火化了罷！」她雖對世事看得透徹，但見這許多屍體橫臥地下，都是多年相隨自己的好弟子，說這句話時，聲音也不免哽咽了。衆弟子又有好幾人哭了出來。有些弟子已死數日，有的屍體還遠在數十丈外。衆弟子搬移同門屍身之時，無不痛罵嵩山派掌門左冷禪居心險惡，手段毒辣。

待諸事就緒，天色已黑，當晚衆人便在荒山間露宿一宵。次晨衆弟子背負了定閒師太、定逸師太以及受傷的同門，到了龍泉城內，改行水道，僱了七艘烏篷船，向北進發。

令狐冲生怕嵩山派又再在水上偷襲，隨著衆人北上。恆山派既有兩位長輩同行，令狐冲深自收斂，再也不敢和衆弟子胡說八道了。定閒師太、定逸師太等受傷本來頗爲不輕，幸好恆山派治傷丸散極具神效，過錢塘江後，便已脫險境。恆山派此次元氣大傷，不願途中再生事端，儘量避開江湖人物，到得長江邊上，便即另行僱船，溯江西上。如此緩緩行去，預擬到得漢口後，受傷衆人便會好得十之六七，那時再捨舟登陸，折向北行，回歸恆山。

這一日來到鄱陽湖畔，舟泊九江口。其時所乘江船甚大，數十人分乘兩船。令狐冲晚間在後梢和梢公水手同宿。睡到半夜，忽聽得江岸之上有人輕輕擊掌，擊了三下，停得一停，又擊三下。跟著西首一艘船上也有人擊掌三響，停得一停，再擊三下。擊掌聲本來極輕，但令狐冲內力既厚，耳音隨之極好，一聞異聲，立即從睡夢中醒覺，知是江湖上人物相互招呼的訊號。這些日來，他隨時隨刻注視水面上的動靜，防人襲擊，尋思：「不妨前去瞧瞧，若和恆山派無關，那是最好，否則暗中便料理了，免得驚動定閒師太她們。」

凝目往西首的船隻上瞧去，果見一條黑影從數丈外躍起，到了岸上，輕功卻也平平。令狐冲輕輕一縱，悄沒聲息的上岸，繞到東首排在江邊的一列大油簍之後，掩將過去，只聽一人說道：「那船上的尼姑，果然是恆山派的。」另一人道：「你說怎麼辦？」

令狐冲慢慢欺近，星月微光之下，只見一人滿臉鬍子，另一人臉形又長又尖，不但是瓜子臉，而且是張葵花子臉。只聽這尖臉漢子說道：「單憑咱們白蛟幫，人數雖多，武功可及不上人家，明著動手是不成的。」那鬍子道：「誰說明著動手了？這些尼姑武功雖強，水上的玩藝卻未必成。明兒咱們駕船綴了下去，到得大江上，跳下水去鑿穿了她們坐船，還不一一的手到擒來？」那尖臉漢子喜道：「此計大妙。咱哥兒立此大功，九江白蛟幫的萬兒從此在江湖上可響得很啦。不過我還是有一件事躭心。」

那鬍子道：「躭心甚麼？」那尖臉的道：「他們五嶽劍派結盟，說甚麼五嶽劍派，同氣連枝。要是給莫大先生得知了，來尋咱們晦氣，白蛟幫可吃不了要兜著走啦。」那鬍子道：「哼，這幾年來咱們受衡山派的氣，可也受得夠啦。這一次咱們倘若不替朋友們出一番死力，下次有事之時，朋友們也不會出力相幫。這番大事幹成後，說不定衡山派也會鬧個全軍覆沒，又怕莫大先生作甚？」那尖臉的道：「好，就是這個主意。咱們去招集人手，可得揀水性兒好的。」

令狐冲一竄而出，反轉劍柄，在那尖臉的後腦一撞，那人登時暈了過去。那鬍子揮拳打來，令狐冲劍柄探出，登的一聲，正中他左邊太陽穴。那鬍子如陀螺般轉了幾轉身，一交坐倒。令狐冲橫過長劍，削下兩隻大油簍的蓋子，提起二人，分別塞入了油簍。油簍中裝滿了菜油，每一簍裝三百斤，原是要次日裝船，運往下游去的。這二人一浸入油簍，登時油過口鼻，冷油一激，便即醒轉，骨嘟骨嘟的大口吞油。

忽然背後有人說道：「令狐少俠，勿傷他們性命。」正是定閒師太的聲音。

令狐冲微微一驚，心想：「定閒師太何時到了身後，我竟沒知曉。」當下鬆開按在二人頭上的雙手，說道：「是！」那二人頭上一鬆，便欲躍出。令狐冲笑道：「別動！」伸劍在二人頭頂一擊，又將二人迫入了油簍。那二人屈膝而蹲，菜油及頸，雙眼難睜，竟不知何以會處此狼狽境地。

只見一條灰影從船上躍將過來，卻是定逸師太，問道：「師姊，捉到了小毛賊麼？」定閒師太道：「是九江白蛟幫的兩位堂主，令狐少俠跟他們開開玩笑。」她轉頭向那鬍子道：「閣下姓易還是姓齊？史幫主可好？」那鬍子正是姓易，奇道：「我……我姓易，你怎知道？咱們史幫主很好啊。」定閒微笑道：「白蛟幫易堂主、齊堂主，江湖上人稱『長江雙飛魚』，鼎鼎大名，老尼早已如雷貫耳。」

定閒師太心細如髮，雖平時極少出庵，但於江湖上各門各派的人物，無一不瞭如指掌，否則怎能認出嵩山派中那三名爲首的高手？以這姓易的鬍子、這姓齊的尖臉漢子而論，在武林中只是第三四流人物，但她一見到兩人容貌，便猜到了他們的身分來歷。

那尖臉漢子甚是得意，說道：「如雷貫耳，那可不敢。」令狐冲手上一用力，用劍刃將他腦袋壓入了油中，又再鬆手，笑道：「我是久仰大名，如油貫耳。」那漢子怒道：「你……你……」想要破口罵人，卻又不敢。令狐冲道：「我問一句，你們就老老實實答一句，若有絲毫隱瞞，叫你『長江雙飛魚』變成一對『油浸雙泥鰍』。」說著將那鬍子也按在油中浸了一下。那鬍子先自有備，沒呑油入肚，但菜油從鼻孔中灌入，卻也說不出的難受。

定閒和定逸忍不住微笑，均想：「這年輕人十分胡鬧頑皮。但這倒也不失爲逼供的好法子。」

令狐冲問道：「你們白蛟幫幾時跟嵩山派勾結了？是誰叫你們來跟恆山派爲難的？」那鬍子道：「和嵩山派勾結？這可奇了。嵩山派英雄，咱們一位也不識啊。」令狐冲道：「啊哈！第一句話你就沒老實回答。叫你喝油喝一個飽！」挺劍平按其頂，將他按入油中。這鬍子雖非一流好手，武功亦不甚弱，但令狐冲渾厚的內力自長劍傳到，便如千斤之重的大石壓在他頭頂，絲毫動彈不得。菜油沒其口鼻，露出了雙眼，骨碌碌的轉動，甚是狼狽。
令狐冲向那尖臉漢子道：「你快說！你想做長江飛魚呢，還是想做油浸泥鰍？」
那姓齊的道：「遇上了你這位英雄，想不做油浸泥鰍，可也辦不到了。不過易大哥可沒說謊，咱們確是不識得嵩山派的人物。再說，嵩山派和恆山派結盟，武林中人所共知。嵩山派怎會叫咱們白蛟幫來跟……貴派過不去？」
令狐冲鬆開長劍，放了那姓易的抬起頭來，又問：「你說明兒要在長江之中，鑿沉恆山派的座船，用心如此險惡，恆山派到底甚麼地方得罪你們了？」
定逸師太後到，本不知令狐冲何以如此對待這兩名漢子，聽他一說，登時勃然大怒，喝道：「好賊子，想在長江中淹死我們啊。」她恆山派門下十之八九是北方女子，全都不會水性，大江之中倘若坐船沉沒，勢不免葬身魚腹，想起來當眞不寒而慄。
那姓易的生怕令狐冲再將他腦袋按入油中，搶先答道：「恆山派跟我們白蛟幫本來無怨無仇。我們只是九江碼頭上賺水腳、走私貨的一個小小幫會，又有甚麼能耐跟恆山派衆位師太結樑子了。只不過……只不過我想大家都是佛門一脈，貴派向西而去，多半是前去應援。因此……這個……我們不自量力，起下了歹心，下次再也不敢了。」
令狐冲越聽越胡塗，問道：「甚麼叫做佛門一脈，西去赴甚麼援？說得不清不楚，莫名其妙！」那姓易的道：「是，是！少林派雖不是五嶽劍派之一，但我們想和尚尼姑是一家人……」定逸師太喝道：「胡說！」那姓易的吃了一驚，自然而然的身子一縮，吞了一大口油，膩住了口，說不出話來。定逸師太忍住了笑，向那尖臉漢子道：「你來說。」

那姓齊的道：「是，是！有一個『萬里獨行』田伯光，不知師太是否和他相熟？」

定逸師太大怒，心想這「萬里獨行」田伯光是江湖上惡名昭彰的採花淫賊，我如何會和他相熟？這廝竟敢問出這句話來，當眞是莫大的侮辱，右手一揚，便要往他頂門拍落。

定閒師太伸手一攔，道：「師妹勿怒。這二位在油中躭得久了，腦筋不大清楚。且別和他們一般見識。」問那姓齊的道：「田伯光怎麼了？」那姓齊的道：「『萬里獨行』田伯光田大爺，跟我們史幫主是好朋友。早幾日田大爺……」定逸師太怒道：「甚麼田大爺？這等惡行昭彰的賊子，早就該將他殺了。你們反和他結交，足見白蛟幫就不是好人。」那姓齊的道：「是，是，是。我們不是……不是好人。」定逸師太問道：「我們只問你，白蛟幫何以要和恆山派為難，又牽扯上田伯光甚麼了？」田伯光曾對她弟子儀琳非禮，定逸師太一直未能殺之洩憤，心下頗以為恥，雅不願旁人提及此人名字。

那姓齊的道：「是，是。大夥兒要救任大小姐出來，生怕正教中人幫和尚的忙，因此我哥兒倆豬油蒙了心，打起了胡塗主意，這就想對貴派下手……」

定逸師太更摸不著半點頭腦，嘆道：「師姊，這兩個渾人，還是你來問罷。」

定閒師太微微一笑，問道：「任大小姐，可便是日月神教前教主的大小姐嗎？」

令狐冲心頭一震：「他們說的是盈盈？」登時臉上變色，手心出汗。

那姓齊的道：「是。田大爺……不，那田……田伯光前些時來到九江，在我白蛟幫總舵跟史幫主喝酒，說道預期十二月十五，大夥兒要大鬧少林寺，去救任大小姐出來。」

定逸師太忍不住插嘴：「大鬧少林寺？你們又有多大能耐，敢去太歲頭上動土？」那姓齊的道：「是，是。我們自然是不成的。」

定閒師太道：「那田伯光腳程最快，由他來往聯絡傳訊，是不是？這件事，到底是誰在從中主持？」

那姓易的說道：「大家聽得任大小姐給少林寺的賊……不，少林寺的和尚扣住了，不約而同，都說要去救人，也沒甚麼人主持。大夥兒想起任大小姐的恩義，都說，便是為任大小姐粉身碎骨，也所甘願。」

一時之間，令狐冲心中起了無數疑團：「他們說的任大小姐，到底是不是便是盈盈？她怎麼會給少林寺的僧人扣住？她小小年紀，平素有甚麼恩義待人？為何這許多人一聽到她有難的訊息，便都奮不顧身的去相救？」

定閒師太道：「你們怕我恆山派去相助少林派，因此要將我們坐船鑿沉，是不是？」那姓齊的道：「是，我們想和尚尼姑……這個那個……」定逸師太怒道：「甚麼這個那個？」那姓齊的忙道：「是，是。這個……小人不敢多說。小人沒說甚麼……」

定閒師太道：「十二月十五之前，你們白蛟幫也要去少林寺？」姓易姓齊二人齊聲道：「這可得聽史幫主號令。」姓齊的又道：「既然大夥兒都去，我們白蛟幫總也不能落在人家後面。」定閒師太問道：「大夥兒？到底有那些大夥兒？」那姓齊的道：「那田……田伯光說，浙西海沙幫、山東黑風會、湘西排敎……」一口氣說了江湖上三十來個大大小小幫會的名字。此人武功平平，幫會門派的名稱倒記得挺熟。定逸師太皺眉道：「都是些不務正業的旁門左道人物，人數雖多，也未必是少林派的對手。」

令狐冲聽那姓齊的所說人名中，有天河幫幫主「銀髯蛟」黃伯流，長鯨島島主司馬大，還有幾人，也都是當日在五霸岡上會過的，心下更無懷疑，他們所要救的定然便是盈盈，斗然得到她的訊息，甚是歡喜，但想到她爲少林派所扣押，而她曾殺過好幾名少林弟子，又不禁擔憂，問道：「少林派爲甚麼要扣住這位……這位任大小姐？」

那姓齊的道：「這可不知道了。多半是少林派的和尚們吃飽了飯沒事幹，故意找些事來跟大夥兒爲難。」

定閒師太道：「請二位回去拜上貴幫主，便說恆山派定閒、定逸和這位朋友路過九江，沒來拜會史幫主，多有失禮，請史幫主包涵則個。我們明日乘船西行，請二位大度包容，別再派人來鑿沉我們的船隻。」她說一句，二人便說一句：「不敢。」

定閒師太向令狐冲道：「月白風淸，少俠慢慢領略江岸夜景。恕貧尼不奉陪了。」

攜了定逸之手，緩步回舟。

令狐冲知她有意相避，好讓自己對這二人仔細再加盤問，但一時之間，心亂如麻，竟想不出更有甚麼話要問，在岸邊走來走去，又悄立良久，只見半鉤月亮映在江心，大江滾滾東去，月光顫動不已，猛然想起：「今日已是十一月下旬。他們下月十五要去少林寺，爲時已然無多。少林派方證、方生兩位大師待我甚好。這些人爲救盈盈而去，勢必和少林派大動干戈，不論誰勝誰敗，雙方損折必多。我何不趕在頭裏，求方證方丈將盈盈放出，將一場血光大災化於無形，豈不甚好？」

又想：「定閒、定逸兩位師太傷勢已痊愈了大半。定閒師太外表瞧來跟尋常老尼無異，其實所知既博，見識又極高超，實是武林中一位了不起的高人。由她率衆北歸，只要不再遇到嵩山派這樣的大批強敵，該不會有甚麼應付不了的危難。只是我怎生向她們告辭才好？」這些日來，和這些尼姑、姑娘們共歷患難，衆人對他既恭敬，又親切，於他被逐出師門、爲小師妹所棄之事，雖從不提及，但神情之間，顯然猶似她們自身遭此不幸一般。華山衆同門中，除陸大有外，反無人待他如此親厚，突然要中途分手，頗感難以啓齒。

只聽得腳步聲細碎，兩人緩緩走近，卻是儀琳和鄭蕚，走到離令狐冲二三丈外，叫了聲：「令狐師兄。」便停住了腳步。令狐冲迎將上去，說道：「你們也給驚醒了？」

儀琳道：「令狐師兄，掌門師伯吩咐我們來跟你說……」推了推鄭萼，道：「你跟他說。」鄭萼道：「掌門師伯要你說的。」儀琳道：「你說也是一樣。」

鄭萼說道：「令狐師兄，掌門師伯說道，大恩不言謝，今後你不論有甚麼事，恆山派都供你驅策。你如要去少林寺救那位任大小姐，大家自當盡力效命。」

令狐冲大奇，心想：「我又沒說要去相救盈盈，怎地定閒師太卻恁地說？啊喲，是了！羣雄在五霸岡上聚會，設法為我治病，都是瞧在盈盈的份上。此事鬧得沸沸揚揚，定閒師太焉有不知？」想及此事，不由得臉上一紅。

鄭萼又道：「掌門師伯說道，此事最好不要硬來。她老人家和我師父兩位，此刻已過江去了，要趕赴少林寺，去向方丈大師求情放人，請令狐師兄帶同我們，緩緩前去。」

令狐冲聽了這番話，登時呆了，半晌說不出話來，舉目向長江中眺望，果見一葉小舟，掛起了一張小小白帆，正自向北航去，心中又感激，又覺慚愧，心想：「兩位師太是佛門中有道大德，又是武林高人。她們肯親身去向少林派求情，原是再好不過，比之我這浪跡江湖、素行不端的一介無名小卒，面子是大上百倍了。多半方證方丈能瞧著二位師太的金面，肯放了盈盈。」想到此處，心下登時一寬。

回過頭來，只見那姓易、姓齊的兀自在油簍子中探頭探腦，不敢爬將出來，心想這二人一片熱心，為的是去救盈盈，自己可將他們得罪了，頗覺過意不去，邁步上前，拱了拱手，說道：「在下一時魯莽，得罪了白蛟幫『長江雙飛魚』兩位英雄，實因事先未知其中緣由，還請恕罪。」說著深深一揖。

「長江雙飛魚」突然見他前倨後恭，大感詫異，急忙抱拳還禮，這一手忙腳亂，無數菜油飛濺出來，濺得令狐冲身上點點滴滴的都是油跡。

令狐冲微笑著點了點頭，向儀琳和鄭萼道：「咱們走罷！」

回到舟中，恆山派衆弟子竟絕口不提此事，連儀和、秦絹這些素來事事好奇之人，居然也不向他問一句話，自是定閒師太臨去時已然囑咐，免得令他尷尬。令狐冲暗自感激，但見到好幾名女弟子似笑非笑的臉色，卻又不免頗爲狼狽，尋思：「她們這副模樣，心中可咬定盈盈是我的情人了。其實我和盈盈之間清清白白，並無甚麼逾規越禮之事。但她們不問，我又如何辯白？」眼見秦絹眼中閃著狡獪的光芒，忍不住道：「完全不是這麼一回事，你……你們可別胡思亂想。」

秦絹笑道：「我胡思亂想甚麼了？」令狐冲臉上一紅，道：「我猜也猜得到。」秦絹笑道：「猜到甚麼？」令狐冲還未答話，儀和道：「秦師妹，別多說了，掌門師叔吩咐的話，你忘了嗎？」秦絹抿嘴笑道：「是，是，我沒忘記。」

令狐冲轉過頭來，避開她眼光，只見儀琳坐在船艙一角，臉色蒼白，神情甚爲冷漠，不禁心中一動：「她心中在想甚麼？爲甚麼她不和我說話？」怔怔的瞧著她，忽然想到那日在衡山城外，自己受傷之後，她抱了自己在曠野中奔跑時的臉色。那時她又關切，又激動，渾不是眼前這般百事不理的模樣。爲甚麼？爲甚麼？

儀和忽道：「令狐師兄！」令狐冲沒聽見，並沒答應。儀和大聲又叫：「令狐師兄！」令狐冲一驚，回頭應道：「嗯，怎麼？」儀和道：「掌門師叔說道，明日咱們或改行陸道，或仍走水路，悉聽令狐師兄的意思。」

令狐冲心中只盼改行陸道，及早得知盈盈的訊息，但斜眼一睨，見儀琳長長的睫毛下閃動著淚水，一副楚楚可憐的模樣，說道：「掌門師太叫咱們緩緩行去，那麼還是仍舊坐船罷。諒來那白蛟幫也不敢對咱們怎地。」秦絹笑道：「你放心得下嗎？」令狐冲臉上微微一紅，尚未作答，儀和喝道：「秦師妹，小孩兒家，少說幾句行不行？」秦絹笑道：「行！有甚麼不行？阿彌陀佛，我可不大放心。」

次晨舟向西行，令狐冲命舟子將船靠近岸旁航行，以防白蛟幫來襲，但直至湖北境內，一直沒任何動靜。此後數日之中，令狐冲也不和恆山弟子多說閒話，每逢晚間停泊，便獨自一人上岸飲酒，喝得醺醺而歸。

這一日舟過夏口，折而向北，溯漢水而上，傍晚停泊在小鎭鷄鳴渡旁。他又上岸去，在一家冷酒鋪中喝了幾碗酒，忽想：「小師妹的傷不知好了沒有？儀眞、儀靈兩位師姊送去恆山靈藥，想來必可治好她劍傷。林師弟的傷勢又不知如何？倘若林師弟竟致傷重不治，她又怎樣？」想到這裏，心下不禁一驚：「令狐冲啊令狐冲，你直是個卑鄙小人！你雖盼小師妹早日痊愈，內心卻又似在盼望林師弟傷重而死？難道林師弟死了，小師妹便會嫁你不成？」自覺無聊，連盡了三碗酒，又想：「勞德諾和八師弟不知是誰殺的？那人爲甚麼又去暗算林師弟？師父、師娘不知近來若何？」

端起酒碗，又一飲而盡，小店之中無下酒物，隨手抓起幾粒鹹水花生，抛入口中，忽聽背後有人嘆了口氣，說道：「唉！天下男子，十九薄倖。」

令狐冲轉過面來，向說話之人瞧去，搖晃的燭光之下，但見小酒店中除自己之外，便只店角落裏一張板桌旁有人伏案而臥。板桌上放了酒壺、酒杯，那人衣衫襤褸，身形猥葸，不像是如此吐屬文雅之人。當下令狐冲也不理會，又喝了一碗酒，只聽得背後那聲音又道：「人家爲了你，給幽禁在不見天日之處。自己卻整天在脂粉堆中廝混，小姑娘也好，光頭尼姑也好，老太婆也好，照單全收。唉，可嘆啊可嘆！」

令狐冲知他說的是自己，卻不回頭，尋思：「這人是誰？他說『人家爲了你，給幽禁在不見天日之處』，說的是盈盈嗎？爲甚麼盈盈是爲了我而給人幽禁？」

只聽那人又道：「不相干之輩，倒是多管閒事，說要去拚了性命，將人救出來。偏生你要做頭子，我也要做頭子，人還沒救，自己夥裏已打得昏天黑地。唉，這江湖上的事，老子可真沒眼瞧的了。」

令狐冲拿著酒碗，走過去坐在那人對面，說道：「在下多事不明，要請老兄指教。」那人仍伏在桌上，並不抬頭，說道：「唉，有多少風流，便有多少罪孽。恆山派的姑娘、尼姑們，這番可當真糟糕之極了。」

令狐冲更是心驚，站起身來，深深一揖，說道：「令狐冲拜見前輩，還望賜予指點。」突然見到那人凳腳旁放著一把胡琴，琴身深黃，久經年月，心念一動，已知此人是誰，當即俯身便拜，說道：「晚輩令狐冲，有幸拜見衡山莫師伯。」

那人抬起頭來，雙目如電，冷冷的在令狐冲臉上一掃，正是衡山派掌門「瀟湘夜雨」莫大先生。他哼了一聲，道：「師伯之稱，可不敢當。令狐大俠，這些日來可快活哪！」

令狐冲躬身道：「莫師伯明鑒，弟子奉定閒師伯之命，隨同恆山派諸位師姊師妹回歸恆山。弟子雖然無知，卻決不敢對恆山師姊妹們有絲毫失禮。」莫大先生嘆了口氣，道：「請坐！唉，你怎不知江湖上人言紛紛，衆口鑠金？」令狐冲苦笑道：「晚輩行事狂妄，不知檢點，連本門也不能容，江湖上的閒言閒語，卻也顧不得這許多了。」

莫大先生冷笑道：「你自己甘負浪子之名，旁人自也不來理你。可是恆山派數百年的清譽，竟敗壞在你手裏，你也毫不動心嗎？江湖上傳說紛紜，說你一個大男人，混在恆山派一羣姑娘和尼姑中間。別說幾十位黃花閨女的名聲給你損了，甚至連……連那幾位苦守戒律的老師太，也給人作爲笑柄，這……這可太不成話了。」
令狐冲退開兩步，手按劍柄，說道：「不知是誰造謠，說這些無恥荒唐的言語，請莫師伯示知。」莫大先生道：「你想去殺了他們嗎？江湖上說這些話的，沒有一萬，也有八千，你殺得乾淨麼？哼，人家都羨慕你艷福齊天，那又有甚麼不好了？」
令狐冲頹然坐下，心道：「我做事總是不顧前，不顧後，但求自己問心無愧，卻沒想到累了恆山派衆位上下的清譽。這……這便如何是好？」
莫大先生嘆了口氣，溫言道：「這五日裏，每天晚上，我都曾到你船上窺探……」令狐冲「啊」的一聲，心想：「莫師伯接連五晚來船窺探，我竟半點不知，可算是十分無能。」莫大先生續道：「我見你每晚總是在後梢和衣而臥，別說對恆山衆弟子並沒分毫無禮的行爲，連閒話也不說一句。令狐世兄，你不但決不是無行浪子，實是一位守禮君子。對著滿船妙齡尼姑、如花少女，你竟絕不動心，不僅是一晚不動心，而且是數十晚始終如一。似你這般男子漢、大丈夫，當眞是古今罕有，我莫大好生佩服。」大拇指一翹，右手握拳，在桌上重重一擊，說道：「來來來，我莫大敬你一杯。」說著便提起酒壺斟酒。
令狐冲道：「莫師伯之言，倒教小姪好生惶恐。小姪品行不端，以致不容於師門，但恆山派同道的師姊師妹，卻如何可以得罪？」莫大先生呵呵笑道：「光明磊落，這才是男兒漢的本色。我莫大如年輕二十歲，教我晚晚陪著這許多姑娘，要像你這般守身如玉，那就辦不到。難得啊難得！來，乾了！」兩人舉碗一飲而盡，相對大笑。

令狐冲見莫大先生形貌落拓，衣飾寒酸，那裏像是一位威震江湖的一派掌門？偶爾眼光一掃，鋒銳如刀，但這霸悍之色一露即隱，又成爲一個久困風塵的潦倒漢子，心想：「恆山掌門定閒師太慈祥平和，泰山掌門天門道長威嚴厚重，嵩山掌門左冷禪陰鷙險刻，我恩師是位彬彬君子，這位莫師伯外表猥葸平庸，似是個市井小人，實則武功驚人，可駭可怖。五嶽劍派的五位掌門人，其實個個是十分深沉多智之人。我令狐冲草包一個，可跟他們差得遠了。」

莫大先生道：「我在湖南，聽到你和恆山派的尼姑混在一起，甚是詫異，心想定閒師太是何等樣的人物，怎能容門下做出這等事來？後來聽得白蛟幫的人說起你們行蹤，便趕了下來。令狐老弟，你在衡山羣玉院中胡鬧，我莫大當時認定你是個儇薄少年。你後來仗義助我劉正風師弟，我心中對你生了好感，只想趕將上來，善言相勸，不料卻見到後一輩英俠之中，竟有你老弟這樣了不起的少年英雄。很好，很好！來來來，咱們同乾三杯！」說著叫店小二添酒，和令狐冲對飲。

幾碗酒一下肚，一個寒酸落拓的莫大先生突然顯得逸興遄飛，連連呼酒，只是他酒量和令狐冲差得甚遠，喝得幾碗後，便已滿臉通紅，醉態可掬，說道：「令狐老弟，我知你最喜喝酒。莫大無以為敬，只好陪你多喝幾碗。嘿嘿，武林之中，莫大肯陪他喝酒的，卻也沒幾個。那日嵩山大會，座上有個大嵩陽手費彬。此人飛揚跋扈，不可一世，莫大越瞧越不順眼，當時便一滴不飲。此人居然還口出不遜之言，他臭妹子的，你說可不可惱？」

令狐冲笑道：「是啊，這種人不自量力，橫行霸道，終究沒好下場。」

莫大先生道：「後來聽說此人突然失了蹤，下落不明，不知到了何處，倒也奇怪。」

令狐冲心想，那日在衡山城外，莫大先生施展神妙劍法殺了費彬，他當日明明見到自己在旁，此刻卻又如此說，自是不願留下了形跡，便道：「嵩山派門下行事令人莫測高深，這費彬嘛，說不定是在嵩山那一處山洞中隱居了起來，正在勤練劍法，也未可知。」

莫大先生眼中閃出一絲狡獪的光芒，微微一笑，拍案叫道：「原來如此，若不是老弟提醒，我可想破了腦袋，也想不通其中緣由。」喝了一口酒，問道：「令狐老弟，你到底何以跟恆山派的人混在一起？魔教的任大小姐對你情深一往，你可千萬不能辜負她啊。」

令狐冲臉上一紅，說道：「莫師伯明鑒，小姪情場失意，於這男女之事，可早已瞧得淡了。」想起了小師妹岳靈珊，胸口一酸，眼眶不由得紅了，突然哈哈一笑，朗聲說道：「小姪本想看破紅塵，出家為僧，就怕出家人的戒律太嚴，五大戒之一便是不准喝酒，這才沒去做和尚。哈哈，哈哈！」雖是大笑，笑聲中畢竟大有淒涼之意。過了一會，便敘述如何遇到定靜、定閒、定逸三位師太的經過，說到自己如何出手援救，每次都只輕描淡寫的隨口帶過。

莫大先生靜靜聽完，瞪著酒壺呆呆出神，過了半晌，才道：「左冷禪意欲吞併四派，聯成一個大派，企圖和少林、武當兩大宗派鼎足而三，分庭抗禮。他這密謀由來已久，雖然深藏不露，我卻早已瞧出了些端倪。操他奶奶的，他不許我劉師弟金盆洗手，暗助華山劍宗去和岳先生爭奪掌門之位，歸根結底，都是爲此。只是沒想到他居然如此膽大妄爲，竟敢對恆山派明目張膽的下手。」

令狐冲道：「他倒也不是明目張膽，原本是假冒魔教，要逼得恆山派無可奈何之下，不得不答允併派之議。」

莫大先生點頭道：「不錯。他下一步棋子，當是去對付泰山派天門道長了。哼，魔教雖毒，卻也未必毒得過左冷禪。令狐兄弟，你現下已不在華山派門下，閒雲野鶴，無拘無束，也不必管他甚麼正教魔教。我勸你和尚倒也不必做，也不用爲此傷心，儘管去將那位任大小姐救了出來，娶她做老婆便是。別人不來喝你的喜酒，我莫大偏來喝你三碗。他奶奶的，怕他個鳥卵蛋？」他有時出言甚是文雅，有時卻又夾幾句粗俗俚語，說他是一派掌門，也眞有些不像。

令狐冲心想：「他只道我情場失意乃是爲了盈盈，但小師妹之事，也不便跟他提起。」便問：「莫師伯，到底少林派爲甚麼要拘留任小姐？」

莫大先生張大了口，雙眼直視，臉上充滿了驚奇之狀，道：「少林派爲甚麼要拘留任小姐？你當眞不知，還是明知故問？江湖上衆人皆知，你……你……還問甚麼？」

令狐冲道：「過去數月之中，小姪爲人囚禁，江湖上之事一無所聞。那任小姐曾殺過少林派四名弟子，原也是從小姪身上而起，只不知後來怎地失手，竟爲少林派所擒？」

莫大先生道：「如此說來，你是眞的不明白其中原委了。你身中奇異內傷，無藥可治，聽說旁門左道中有數千人聚集五霸岡，爲了討好這位任大小姐而來治你的傷，結果卻人人束手無策，是也不是？」令狐冲道：「正是。」莫大先生道：「這件事轟傳江湖，都說令狐冲這小子不知幾生修來的福氣，居然得到黑木崖聖姑任大小姐的垂靑，就算這場病醫不好，也是不枉的了。」令狐冲道：「莫師伯取笑了。」心想：「老頭子、黃伯流他們雖是一番好意，畢竟行事太過魯莽，這等張揚其事，難怪盈盈生氣。」

莫大先生問道：「你後來怎地卻好了？是修習了少林派《易筋經》神功，是不是？」

令狐冲道：「不是。少林寺方丈方證大師慈悲爲懷，不念舊惡，答允傳授少林派無上內功。只是小姪不願改投少林派，而這門少林神功又不能傳授派外之人，只好辜負了方丈大師的一番美意。」莫大先生道：「少林派是武林中的泰山北斗。你其時已給逐出華山門牆，正好改投少林。那是千載難逢的機緣，卻爲何連自己性命也不顧了？」令狐沖道：「小姪自幼蒙恩師、師娘收留，養育之恩，粉身難報，只盼日後恩師能許小姪改過自新，重列門牆，決不願貪生怕死，另投別派。」

莫大先生點頭道：「這也有理。如此說來，你的內傷得愈，那是由於另一樁機緣了。」令狐沖道：「正是。其實小姪的內傷也沒完全治好。」

莫大先生凝視著他，說道：「少林派和你向來並無淵源，佛門中人雖說慈悲為懷，卻也不能隨便傳人以本門的無上神功。方證大師答應以《易筋經》相授，你當眞不知是甚麼緣故嗎？」令狐沖道：「小姪確是不知，還望莫師伯示知。」

莫大先生道：「好！江湖上都說，那日黑木崖任大小姐親身背負了你，來到少林寺中，求見方證大師，說道只須方丈救了你的性命，她便任由少林派處置，要殺要剮，絕不皺眉。」

令狐沖「啊」的一聲，跳了起來，將桌上一大碗酒都帶翻了，全身登時出了一陣冷汗，手足發抖，顫聲道：「這……這……這……」腦海中一片混亂，想起當時自己身子一日弱似一日，一晚睡夢之中，聽到盈盈哭泣甚哀，說道：「你一天比一天瘦，我……我……」說得誠摯無比，自己心中感激，狂吐鮮血，就此人事不知。待得淸醒，已是在少林寺的一間斗室之中，方生大師已費了無數心力為己施救。自己一直不知如何會到少林寺中，又不知盈盈到了何處，原來竟是她捨命相救，不由得熱淚盈眶，跟著兩道眼淚撲簌簌的直流下來。

莫大先生嘆道：「這位任大小姐雖出身魔教，但待你的至誠至情，卻令人好生相敬。少林派中，辛國樑、易國梓、黃國柏、覺月禪師四名大弟子命喪她手。她去到少林，自無生還之望，但爲了救你，她……她是全不顧己了。方證大師不願就此殺她，卻也不能放她，因此將她囚禁在少林寺後的山洞之中。任大小姐屬下那許多三山五嶽之輩，自然都要去救她出來。聽說這幾個月來，少林寺沒一天安寧，擒到的人，少說也有一百來人了。」

令狐冲心情激盪，良久不能平息，過了好一會，才問：「莫師伯，你剛才說，大家爭著要做頭子，自己夥裏已打得昏天黑地，那是怎麼一會事？」

莫大先生嘆了口氣，道：「這些旁門左道的人物，平日除了聽從任大小姐的號令之外，個個狂妄自大，好勇鬥狠，誰也不肯服誰。這次上少林寺救人，大家知道少林寺是天下武學的祖宗，事情很棘手，何況單獨去闖寺的，個個有去無回。因此上大家說要廣集人手，結盟而往。既然結盟，便須有個盟主。聽說這些日子來爲了爭奪盟主之位，許多人動上了手，死的死，傷的傷，著實損折了不少人。令狐老弟，我看只有你急速趕去，才能制得住他們。你說甚麼話，那是誰也不敢違拗的，哈哈，哈哈！」

莫大先生這麼一笑，令狐冲登時滿臉通紅，情知他這番話不錯，但羣豪服了自己，只不過是瞧在盈盈的面上，而盈盈日後知道，定要大發脾氣，突然間心念一動：「盈盈對我情意深重，可是她臉皮子薄，最怕旁人笑話於她，說她對我落花有意，而我卻流水無情。我要報答她這番厚意，務須教江湖上好漢眾口紛傳，說道令狐冲對任大小姐一往情深，爲了她性命也不要了。我須孤身去闖少林，能救得出她來，那是最好；倘若救不出，也要鬧得眾所周知。」說道：「恆山派定閒、定逸兩位師伯上少林寺去，便是向少林方丈求情，請他放了這位任小姐出來，以免釀成一場大動干戈的流血浩劫。」

莫大先生點頭道：「怪不得，怪不得！我一直奇怪，定閒師太如此老成持重之人，怎會放心由你陪伴她們下這大羣姑娘、尼姑，自己卻另行他往，原來是爲你作說客去了。」

令狐冲道：「莫師伯，小姪既知此事，著急得了不得，恨不得插翅飛去少林寺，瞧瞧兩位師太求情的結果如何。只恆山派這些師姊妹都是女流之輩，倘若途中遇上了甚麼意外，可又難處。」

莫大先生道：「你儘管去好了！」令狐冲喜道：「我先去不妨？」莫大先生不答，拿起倚在板凳旁的胡琴，咿咿呀呀的拉了起來。

令狐冲知他既這麼說，便是答允照料恆山派一眾弟子了，這位莫師伯武功識見，俱皆非凡，不論他明保還是暗護，恆山派自可無虞，當即躬身行禮，說道：「深感大德。」

莫大先生笑道：「五嶽劍派，同氣連枝。我幫恆山派的忙，要你來謝甚麼？那位任大小姐得知，只怕要喝醋了。」

令狐冲道：「小姪告辭。恆山派衆位師姊妹，相煩莫師伯代爲知照。」說著直衝出店。一凝步，向江中望去，只見坐船的窗中透出燈光，倒映在漢水之中，一條黃光，緩緩閃動。身後小酒店中，莫大先生的琴聲漸趨低沉，靜夜聽來，甚是淒淸。

笑傲江湖(大字版) / 金庸作.　-- 二版.
-- 臺北市：遠流，2017.10
冊；公分. --(大字版金庸作品集；55–62)

ISBN 978-957-32-8112-2 (全套：平裝).

857.9　　106016825

鏞